吾鄉風物

刘旭东 著

江苏凤凰文艺出版社
JIANGSU PHOENIX LITERATURE AND ART PUBLISHING, LTD

图书在版编目（CIP）数据

吾乡风物 / 刘旭东著. — 南京：江苏凤凰文艺出版社，2017.10
ISBN 978-7-5594-1009-2

Ⅰ. ①吾… Ⅱ. ①刘… Ⅲ. ①散文集－中国－当代
Ⅳ. ①I267

中国版本图书馆 CIP 数据核字(2017)第 208361 号

书　　名	吾乡风物
著　　者	刘旭东
责任编辑	牟盛洁　李　黎
出版发行	江苏凤凰文艺出版社
出版社地址	南京市中央路 165 号，邮编：210009
出版社网址	http://www.jswenyi.com
印　　刷	南京新洲印刷有限公司
开　　本	880×1230 毫米 1/32
印　　张	10. 75
字　　数	260 千字
版　　次	2017 年 10 月第 1 版　2017 年 10 月第 1 次印刷
标准书号	ISBN 978–7–5594–1009–2
定　　价	36.00 元

杨柳

“昔我往矣，杨柳依依。
今我来思，雨雪霏霏。”

栀子花

摘几朵养在茶杯里，满室生香。

狗尾草

野蔷薇

香花往往带刺，带刺的未必花香。

茉莉

一种花，却是长在人们的歌声里，

真是一件很神奇的事。

桂花

不是人间种，移从月中来。

广寒香一点，吹得满山开。

银杏

灰喜鹊

但人不通鸟语，就生出许多妄想妄议来。

比如喜鹊报喜，其实哪有什么喜忧？

序　博物的情怀

汪　政

刘旭东兄的《吾乡风物》即将出版，嘱我写几句话放在前面。我虽然力不胜任，但作为同乡和多年的朋友，实在找不出推托的理由。

收在本书中的大部分文字，我已经在他的微信里读过了。旭东兄是个认真的人，他将这些文字先行放在微信里，不仅有求其友声的意思，也是在征求意见，验证自己的记忆和理解。地方性知识既庞杂，又专门。十里不同风，五里不同俗，我与旭东兄在老家仅隔一条大河，但在一些器物的说法和用途上就有不小的出入。朋友圈里老乡聚到一起，旭东的这些文章是大家兴味盎然的话题，有时会为一两种风俗的含义或三两个方言的读音和意思争得面红耳赤。

如同书名所言，收在这本书里的作品是旭东关于家乡风物的记叙和考订。所以，是不是旭东的同乡，或者再扩大一点，是不是苏中地区的人，并且是否在上世纪六十年代以前出生，阅读感受是大不一样的。对于现在大部分年轻人来说，几十年前，不管是城市还是乡村，那时的生活都已经成为一种传说了。就以在想像中本来应该是变化较少的庄稼和植物来说吧，许多农作物因为产量低或不宜规模化种植而被淘汰了，植被也因美化的需要变得整齐划一。随着农村的城镇化，繁茂的乡土植物逐渐被数得过来的几种景观植物所取代。

物的概念不知在什么时候出现了变化。在最初的意义上，无论是自然之物还是人工之物，都是选择与适应的结果。植物选择了宜于生长的环境，人在文明的进程中与自然相互协商，使一部分植物成为自己食物的主要来源而变为庄稼，水土之异，庄稼不同，所以塑造出的口味也差异很大。为适应环境，人们不断地创造和改进生产与生活用具，不用说，这些工具当然因不同的生产与生活方式而五花八门。所以，对一个地区的人来说，不管是自然之物还是人工之器，都是自己的亲人和朋友。所谓人化的自然就包含有这方面的含义。人们在它们身上投入了情感，寄托了思想，倾注了智慧，不仅为实用，同时也使它们成为了亲情与审美的对象。比如乡土植物，它们不同的生活习性、色彩和外形，在长期的与人相处中不断被符号化和人格化，不但承载着自然的秘密，传递着时间的节律，同时也是人们抒发情思的形象。不同地区的人们长年地与生长在他们身边的植物对话，并以其作为乡情乡思的代言。如果稍稍留意一下，会发现南方与北方的文人，他们笔下的植物是有明显区别的，特别是当他们漂泊在外，乡愁涌上心头的时候。

现在还有这样的物吗？人们还会这样与物相处吗？农耕

时代，工具和器物几乎是我们身体的一部分，某一种工具在制作与使用中也会因人而异，材料、形状、重量都会不同，更不用说在长期的使用中浸润了汗水、因摩挲而生的光亮和亲如兄弟的情感了。如今呢？已经很难和工具培养出这份情感了。在通用化、标准化、格式化、程序化、规模化的时代，工具都是一样的。追新逐奇成为潮流，更新换代成为常态。在使用中，工具与我们不是越来越近，而是越来越远，一样工具，几乎从到手的一刻起就被我们抱怨，抱怨它的落伍、落后。工具不但不能成为我们的朋友，反而成为急于扔掉的垃圾。仔细想想，有多少器物能与我们相守终身？连住所都变来变去。我们正在失去乡土的植物，也在失去可以长久依赖的器物之友，连同被外语和普通话取代的方言和被外卖快餐侵占的饮食，我们的乡愁已经无处安放。故乡变成了抽象的地名。夸张一点说，现代人已经无乡可归，都是没有了故乡的流浪者。

当然，旭东的《吾乡风物》并不全在表达乡愁，更无今不如昔的忧伤和愤世嫉俗，相反，倒是处处透出幽默和有趣。从草木、禽鸟、虫兽到农本、交通、风俗、方言，可以说是苏中地区乡村生活的百科全书。由此我想到了中国文人的“博物”传统。对万事万物的兴趣，对人与物关系的体察，使得中国文人很早就在与物的交流与对话中建立起了丰富的精神世界与审美关系，在物我交融中领悟自然的神奇、生命的奥秘和人生的况味，感叹天工开物与匠心独运。看得出旭东对物的专注。有时为了一样器物，一种风俗，一句方言，他会反复求证，多方比照，追根溯源，务求其真。但令我生出更大兴味的还是字里行间的气息，一种人生态度。一花一世界，一木一精神，自然与生活中本来琐屑细小或已经淹没不闻的事物因之而变得生趣盎然，雅致可喜。

所以，我还想对《吾乡风物》的文体与文字讲几句。这本书不但承续了中国文人的博物传统，而且在文体与语言上也很有些中国古代笔记与小品文的味道。书中文章的篇幅都不长，行于所当行，止于所当止，虽杂花生树，却笔墨省俭。林语堂对小品文很是推崇，他说“小品文，可以发挥议论，可以畅泄衷情，可以摹绘人情，可以形容世故，可以札记琐屑，可以谈天说地，本无范围，特以自我为中心，以闲适为格调”。大约从六朝开始，经唐宋、明清，直到现代散文史上，小品文都代有名家。到了当代，也还有黄裳、孙犁、汪曾祺等。若细细考察过去，对生活的热爱，对生命的关注是小品文精神的底色，所谓性灵，即之谓也。由于这样强大的传统，文体格式古今都有着心照不宣的呼应。所以，小品文一般都形制短小，语言文白相间，即或当代人为之，亦颇有古风。旭东于此显然浸淫日久，很有心得，能于尺幅之中穿插盘桓。勾划点染，触处生春。率尔随性，自在洒脱。

这样的文章现在并不很多，如同旭东家乡的风物渐渐流散模糊一样，许多文体与文心现在也见不到了，所以，忍不住多说了几句，权当对这种博物的态度与为文的情怀的提倡。

其实，在这儿最想说也最应该说的就一句话，祝贺旭东新作出版。

2017.9.16，湖景花园

自　序

晚清以降，李鸿章说中国进入了“三千年未有之大变局”。此变局，经过了一百多年，至吾辈而尤为激烈，尤为精彩，尤为明显，于今方有定局矣。

吾辈上承三千年之农耕社会，下接三十年之现代文明，由无电时代到网络时代，半生而越千年，一念辄及中外。身在中国，享世界之精华；仙游异域，感国力之强盛。不亦乐乎，何其幸哉！

吾辈乃空前绝后之人物也。上下五千年，历数多少代，生命宽度，唯吾辈为最，无出其右者。老一辈一生坐困穷愁，老来不能驾车上网；晚一辈只知现代后现代，焉能体验饥馑苦厄？唯吾辈得而兼之，岂非五千年之幸运儿乎？

一份幸运，一份责任。历史之奇妙尽在吾辈。吾幼年生活，实为农耕余响。倘不记以文字，他年或成绝响矣。每每思之，感慨良多，更觉责无旁贷。于是搜罗记忆，采集信息，寻访乡人，考订资料，作此《吾乡风物》。

是为序。

目　录

农本部

方言部

草木部

夜饭花

少时，在县城新华书店看到一本汪曾祺的《晚饭花集》，喜欢，买了。

晚饭花是一种什么花？

晚饭花就是夜饭花。

晚饭花怎么就是夜饭花？

原来，这是方言的区别。他的家在高邮，吾乡在海安。吾乡受吴语影响更重。晚饭总是叫作夜饭的；晚饭花，当然就是夜饭花了。

夜饭花，学名紫茉莉。夏秋两季，都是在乡人吃夜饭的时候开花，因而得名。它是老天派来专门装点夜晚的。花有轻香，晚风中漾着，让人身心舒畅。紫色的，红色的，白色的，黄色的，都有。一到早上，太阳出了，它就谢了。夜饭花只把香艳留给夜晚，真是如锦衣夜行，有点可惜，可叹，但也可贵。

夜饭花的籽是黑色的，小于豌豆，形如地雷。有的地方，干脆又叫地雷花。“地雷”是个好东西。剥开硬壳，即见白芯，捻粉，十分细腻。据说，当年扬州谢馥春用它生产胭脂粉，美了天下多少佳人。

方言很有趣，也很微妙。夜饭花，可以叫作晚饭花；那么，夜来香，可以叫作晚来香么？似无不可，但一推敲，好像味道总是不太一样。

指甲花

一到夏天，指甲花开了，乡间的女孩就控制不住要美了。

傍晚，摘下花瓣，放入碗中，捣碎，加上一点明矾。晚饭后，洗好澡，睡觉前，将花瓣敷于指甲上，用扁豆叶子包好，用细线系好，要不紧不松。太紧，指胀；太松，易脱。

带着美梦入睡。第二天一早醒来，花瓣的颜色渗进了指甲，指甲变成了花瓣。真美呀！

然，女孩染指甲为美，男孩则不可。否则，会被耻笑。

孩提时代，吾曾经在睡着的时候，被堂姐偷偷地包了指甲。早上醒来，不禁大哭，哪有小伙染指甲的？

洗又洗不掉，剪又不能剪，真不知如何是好？

祖母将恶作剧的堂姐大骂了一顿。

半月以后，染过的指甲才归于平淡。

指甲花，还有一个好听的名字，凤仙花。

栀子花

这是吾幼年最喜欢的花。香，真香，香到骨头里。每年六月，栀子花开，风也醉了。摘几朵养在茶杯里，满室生香，能香好几天。

在这样的花香中安眠，是人生一大乐事。在这样的花香中读书，是人生又一大乐事。在这样的花香中恋爱，更是人生之至乐也。

栀子花好活。梅雨天，从南庄大妈家要了两根老枝，插在自家秧亩的岸子边。岸子即埂子。吾乡水乡，习惯将埂子叫作岸子。栀子花喜水，有水就能生根。不久，栀子即长出新枝，吾用小锹将其移到家门口。

栀子花很娇气，不能随便施肥。祖母说栀子花是美人精变的，爱干净，不能沾粪，沾粪即死。最好用大姑娘的辫子垩。吾到桥北理发店要了一些头发埋在它的根部。果然，栀子越长越好，第二年，就开花了。

离乡以后，所到之处，往往都有栀子花。上海有，南京也有。花季来临，马路上就有叫卖的，吾都会买几朵回家养着。

某年冬，到好莱坞，在一堵围墙边上居然看到了一株盛开的栀子花，让我惊艳，激动得为它赋诗一首：

冬闻栀子淡雅香，
疑似佳人戴玉妆。
故乡此物只宜夏，
何人携过太平洋？

野蔷薇

吾乡叫茉蔷花，多长在水边，春夏之间，香飘三里，摄人心魄。

立夏之后，端午之前，茉蔷花的香味，乱人方寸，从岸上飘到河上，从河上飘到岸上。花香河风，河风花香，合为一体，诱人醉人。花是白色的，细碎如茉莉，看不出香，但越近越感到其香的威力。到河边淘米洗衣的姑娘，闻到花香，身子就会发软。

幼时某年，吾与堂兄一起偷偷撑了一条小船到西大河去打箬子。箬子在吾乡即粽叶，即蒹葭之叶，即芦苇也。我们一边打箬子，一边往前撑，突然看到一簇茉蔷花盛开着，禁不住将船靠上去。那水边的倒影，就像一幅古典的油画，生意盎然。篙子入水，涟漪荡漾，油画瞬间模糊了，变成了印象派的画作了。

茉蔷花实在是太香了，香透肺腑。我们伸手折下几枝，不想却被刺了又刺，手上都挂彩了。

晚上回到家，将箬子交上去，却被父亲骂了一顿，说胆子太大，居然偷偷玩船，掉到河里怎么办？但看到养在茶杯里的茉蔷花，脾气立即小了许多，说下不为例。

香花往往带刺，带刺的未必花香。后来读到鲁迅的杂文，就会想到吾乡河边的野蔷薇。

木槿花

木槿宜作绿篱。幼时吾家与东邻即以木槿相隔。长约三丈，高过大人肩头，疏密不一，只挡鸡鸭，不挡猫狗。

木槿在吾乡叫作“编条”，别处似无此名。这两个字也是吾想当然耳。既以木槿为篱，当如枝条相编，故写作编条，似无不可。

春夏之际，编条开花，美艳如二八村姑。微风袭来，花枝乱颤，动人心弦。《诗经》中说“有女同车，颜如舜华”，此之谓也。唯朝花夕谢，殊为可惜。世事大抵如此，美在瞬间易，美在永恒难。

祖母说编条花有毒，小孩不能碰。吾幼时坚信不疑，只敢远观，不敢亵玩。然蜂蝶纷纷，沾花惹粉，向无所碍，何耶？

编条花其实可以入馔，作粥作羹作蔬皆可，且有清热利湿之功。可惜，吾未尝过。

韩国视其为国花，名之无穷花。马来西亚亦以之为国花，名之大红花。其实皆木槿花也。

而今思之，祖母云其有毒，实善意之谎言，意在保全其花，不为顽童所伤也。

芦柴花

即芦花。吾乡方言，芦苇叫作芦柴；芦花，就称作芦柴花了。芦苇的用处，曾经主要是作为柴火的，故而得名。芦柴火力好。但吾幼时，农家舍不得把芦苇当柴烧，主要用来作篱笆，保护菜园。或者织成苫子，供晾物用。

深秋，河边芦花是乡间一景。一串串，绒绒的，夕阳下发出好看的光。一阵风来，芦花摇曳。明明是寒风，却添了几分暖意。诗经中的蒹葭苍苍，大概就是这样的景致。

芦花不仅好看，还有用。可以用来做茅窝。茅窝，不是茅屋，也不是鸡窝，而是鞋。用麻绳和布条编成，将芦花织进去，就是一双保暖鞋了。吾幼时没有穿过茅窝，但是看到祖父祖母穿过，曾好奇地伸脚进去，确实暖和多了。这种茅窝，吾猜有上千年的历史了，应当作为非物质文化遗产保留下来。

有一首歌叫《拔根芦柴花》，是里下河的民歌，也是吾乡的名歌，昔时有线广播里每天都会播几遍，以致于似乎没有人不会唱。过去拔芦花，可能就是为了做茅窝；现在很少有人拔芦花了，但歌曲却一直传唱着。

吾乡的广场舞上就放着这首曲子，那种热烈、欢快，极富感染力，很容易让路人也加入到舞蹈中去。吾幼时曾觉得用方言唱歌太土，现在觉得不用土话唱这首歌，味就不正。可见，美是客观的，美感却是主观的。而主观的，往往会变化不居。

茉莉花

同名民歌，唱遍世界。有人说它是中国的第二国歌，无论在哪里，听到其旋律，外国人就会想到中国，中国人就会想起自己的家乡。

《茉莉花》是江苏民歌，几个地方都说是它的产地。吾乡虽未争其名分，但几乎人人会唱《茉莉花》，也是不争的事实。奇怪的是吾幼时没有种过茉莉花，也不知道茉莉花为何物。一种花，不是长在地里，却是长在人们的歌声里，真是一件很神奇的事。

第一次看到茉莉花，是在办公室同事的窗台上。她是一个"花痴"，种了各种花，好像没有她不会种的花。黄梅时节，闷热难当，同事从家中带来两盆小花，办公室顿时有暗香浮动。

大家围过去，什么花？这么香？

"花痴"笑道，茉莉花呀。

这就是茉莉花？这就是茉莉花！绿叶白花，细枝嫩萼的，实在不起眼！但真的很香。有人说茉莉之香兼有梅花之馨、玉兰之幽、兰花之雅，清雅宜人，无出其右。诚哉斯言！

看到了茉莉花，吾才真正理解了《茉莉花》的歌词。说“满园花草，香也香不过它”，本无奇，因为茉莉花确实太香了。妙在“要采一朵戴，又怕旁人笑话”这一句。茉莉花，小，是不适合戴在头上的，但为何偏要采一朵戴在头上呢？显然，还是因为它太香了。这种修辞是民歌才有的原汁原味。

哪里有大面积的茉莉花，一望无际的？江苏好像没有。茉莉花适合亚热带生长，据说福建云南都有这样壮观的景象。

那么，江苏为何会产生《茉莉花》这样的民歌呢？或者说，《茉莉花》为何会产生在江苏呢？

杜鹃花

杜鹃花，又叫映山红，这是吾小学时就知道的。

三年级时，来了一位新老师，女的，人长得漂亮，说话像唱歌，据说是大城市的知青，来教我们音乐。学校里有一架风琴，原先没人会弹，落满了灰。老师将它收拾干净了，居然很好听。她一边弹琴，一边教我们唱《映山红》，唱着唱着，眼泪就下来了。那是电影《闪闪的红星》的插曲。当时，城里正在热映此片。

初中时，有一篇课文《我们爱韶山的红杜鹃》，文采斐然。它让我们懂得了作文不仅可用排比句，还可用排比段。还让我们相信杜鹃花是红色的花，革命的花。但那是远方的花，山地的花。直到其时，吾对杜鹃只知其名，不知其实。

此后几十年，杜鹃于我，亦花名耳。

某年五月，吾回乡休假。在一新建小区，看到许多红花美艳无比，相当震撼，但叫不出花名。售楼的姑娘说，这是杜鹃花。

噫，吾乡亦有杜鹃矣。

人之认知，或先得名，或先知实。唯名实相对，方为真知。吾与杜鹃，凡四十余年，方有名实相契之缘，不亦奇乎！

紫云英

在吾乡多叫红花草。紫云英是学名，叫的人反而不多。吾幼时生产队大面积种植，以为绿肥。

秋天，播种出苗，安静地生长，一点也不起眼地越冬，几乎让人忘记了它的存在。春天，突然爆发式地疯长，高及尺，说开花就开花。

紫红色的花朵，一片一片地，几乎盖过了绿色的茎叶，远远望去，恰如片片紫云，落在大地。紫云英，这名字太美了，一定是一个诗人给它起的名字。

紫云英的茎叶是很好的饲料，猪牛羊兔，食之不厌。嫩叶甚至可以作蔬，别有一种清香。

紫云英的根、草、种子，都可以入药，有祛风明目，解毒止痛之效。

紫云英的花，可以酿蜜。每年花开之时，总有养蜂人驮着蜂箱到田里放蜂采蜜。紫云英的蜜是高档的蜜，价格要高过菜花蜜。

紫云英再美，却不是用来观赏的。花期正盛，茬口却不等人。生产队的耕牛拉犁翻地，一片片将它压到地下去了。它不是化作春泥更护花，它是化作绿肥护庄稼了。幼时看到耕牛踩着花草，雪亮的犁尖铲着花草，翻起的泥块压着花草，心中总有一种说不出的伤感。美到极致后的归宿往往是残酷的。

现在吾乡很少种紫云英了，都用化肥。好多人已不识其为何物。有人以为是苜蓿。吾说红花草，不是黄花草，焉能是苜蓿？

某年，吾到伊犁喀拉峻草原。主人惋惜吾等来晚了两个月。说，如在六月，草原上漫坡遍野都是花，那才叫美！吾问，什么花？他说，什么花都有，其中这一片都是紫云英。

紫云英！草原上的紫云英，吾仿佛看到远方飘来一片紫色的云霞，落满大地，一望无垠。

桂树

正是桂花吐蕊的时节，空气中弥漫着桂香。有的香得发甜，有的甜得发腻。真正走近桂树，香味反而淡了。荷花香远益清，桂花却香远益浓，总在三五米处为最。

桂花有多种，丹桂、金桂、银桂。丹桂香甜，金桂香浓，银桂香轻。吾乡桂花多在秋天才开，以至很长时间，吾以为只有秋天，才有桂花。吾读王维“人闲桂花落，夜静春山空”，感到奇怪，为何春山空，桂花落？难道唐代的桂花开在春天？其实不是王维笔误，而是吾太孤陋。桂树还有四季桂，春天也是可以开桂花的。

不过，桂花确是秋的装饰。如果没有桂花，秋天还有什么味道！古来诗人咏桂，多与秋相联。白居易一人就写了多首，最好的还是这句，“山寺月中寻桂子，郡亭枕上看潮头”。

桂树明明是地上的，但古人却偏要说成是天上的。儿时中秋，仰望满月，上面隐隐约约有些痕迹。祖母说那是桂树。月中还有仙女嫦娥，还有兔子，还有癞蛤蟆，还有砍桂树的吴刚。吴刚为何要砍桂树？吴刚是好人还是坏人？祖母却回答不了孙子的问题。

吾乡有桂，外乡亦有桂。走遍国中，似乎无一处无桂。桂者，贵也。富贵人家，自然喜栽桂树；贫寒人家思富贵，更要栽桂树。桂树却不嫌贫富，耐得住瘠薄，耐得住浓荫，一年常绿，花季送香。

每闻桂花，吾常有诗情。去岁中秋得诗一首，“露从夜半寒，蕊向枝头开。冷香溢空庭，迟桂清吾怀”。今年读古人咏桂之诗，比较来比较去，最喜杨万里的这一首，“不是人间种，移从月中来。广寒香一点，吹得满山开”。其生动天真，如桂可掬。

梅花

吾乡有两种梅花，一是春梅，一是腊梅。

腊梅开在腊月，故名，因为花朵似蜡，有时又写作蜡梅。

有人说腊梅不是梅，或者说与春梅不是同一种梅。但这一点也不影响吾对腊梅的喜爱。腊梅之美重在其香。吾家门前有两株腊梅，一株花小，一株花大。据说小花的是本梅，大花的是嫁接过的。小花虽其貌不扬，但浓香丝毫不减。一到腊月，腊梅吐蕊，馨香四溢。遇寒则强，愈寒愈香，雪中尤烈。

中学时读到王维的诗，“君自故乡来，应知故乡事，来日绮窗前，寒梅着花未”，吾想到的就是老家门口的两株腊梅。

还有王安石的《梅花》“墙角数枝梅，凌寒独自开。遥知不是雪，为有暗香来”。吾以为也一定是腊梅。

春梅显然是要开在春天的。苏州有香雪海，南京有梅花山。年年二月，花动半城。

吾乡虽没有成片的梅林，但许多人家也有春梅。吾小学语文老师的宿舍窗前就有一株，那梅花总是开在童年的春风里，难以忘怀。其宿舍东侧是一个池塘，池塘的边上就是春梅。春梅绽放的时候，水中的倒影似乎比梅花本身还要好看。

虽是早春，中午温度提升，已有阳春布德泽之感，居然有性急的蜜蜂赶来采蜜。

梅花是古代诗人最喜欢的花之一。宋人林逋终身不娶，但种梅花，其《山园小梅》堪为咏梅绝唱，其中“疏影横斜水清浅，暗香浮动月黄昏”两句，写尽了梅花的韵味。

而陆放翁的《咏梅》，更让人一唱三叹。“驿外断桥边，寂寞开无主。已是黄昏独自愁，更著风和雨。无意苦争春，一任群芳妒。零落成泥碾作尘，只有香如故。”这首词有一种魔力，令人读之成瘾，每读一遍，都似有新意，余味无穷。

吾幼年最早背诵的是毛主席的《咏梅》。“风雨送春归，飞雪迎春到。已是悬崖百丈冰，犹有花枝俏。俏也不争春，只把春来报。待到山花烂漫时，她在丛中笑。”这首词的头两句，过年时，许多人家是写作春联贴在门上的。当时背诵，只觉朗朗上口，并不理解。及长，方知其好。其用语之白，而意象之美、境界之高，独步古今耳。

蔺草

幼时，春秋两季睡的都是蔺草席。新席子，绿茵茵的，带着草香。枕套也是蔺草的。睡在其上，很容易进入黑甜乡。

蔺草席是外地生产的，供销社专卖。每年春天，就会进货。买新席子是一件大事，一家人左挑右拣，力求完美。草色是否匀称，密实是否一致，收边是否妥帖，都很有讲究。蔺草席不可水洗，不可曝晒，只能用湿布擦拭，晾干即可。条件好的人家，夏天换竹篾子做的凉席。条件差的，干脆春夏秋都用它了。冬天换棉花垫子，就将蔺草席卷起来，明年再用。一张草席，可用好几年。

吾乡也有蔺草，多长在河边狭地。春夏疯长，风吹草不低，玩童藏于其间，大人无法发现。秋天割了，晾干，整齐地码在家中。蔺草是用来编制家用器皿的。

祖母手巧，一个冬天，可以编制大大小小，各式不一的草匾、草筐、草罐、草坛。草坛、草罐，都是有盖儿的，做得严丝合缝。左邻右舍看了，赞不绝口。祖母听不得表扬，立马就将她编好的宝贝送了人家。

祖母的床头总有一只蔺草坛子，有时有米花，有时有糖果，有时有脆饼，有时有月饼，有时什么都没有。吾幼时从这草坛子里得到了不少祖母的恩惠。

后来，蔺草及其制品几乎匿迹，对于蔺草的记忆也已淡忘了。某年到日本，吃日料，进客房，访人家，到处可见蔺草席子，茶几上的围棋盒子也是蔺草编的，大为好奇，又倍感亲切，似乎又回到了童年。

去年，朋友来南京开日料店，征求装潢意见，吾建议要用蔺草席子铺地，方为正宗，但不知哪里有卖。他说好办好办，现在有专门配套的日式产品卖。买来一看，居然是化纤的，虽可乱真，但没有蔺草的香味，徒有其表耳。

繁缕

吾乡最常见的野草。春夏秋冬都有，有土就长。麦田、棉花田、湖桑田、菜田、玉米田，不管什么田，没有它不长的。

繁缕，是学名，也很形象，准确地传达了这种野草的状态。长成一片，千丝万缕。有的又写作蘩蒌。蘩蒌藤是吾乡土语。其实它不是藤，是草。因为其茎很长，铺于地上，一抓一把，乡人习惯称其为蘩蒌藤。

凡野草，必有极强的生命力，繁缕即如此，其繁殖力惊人。一年到头开满了白色星形的花朵，四处散播无数的种子。一般的草只有老了才结籽，蘩蒌藤却是很小的时候就开花结籽。即使连根拔起扔在一边，其籽也会再生新芽。一般的草都需要阳光，蘩蒌藤没有阳光也灿烂。即使再茂密的庄稼下边也能生长无碍。

蘩蒌藤的种子是小鸟的粮食，茎叶则是上好的猪草。吾幼时放学以后，常挑猪草。一只竹篮，装满了，有十来斤。从地里背回家，小臂上都会被竹把手勒出印子来。竹篮中一大半都是蘩蒌藤。

蘩蒌藤似乎没有老的时候，用它喂猪，最受欢迎。生草扔到猪槽里，猪吃起来呱呱直响，很愉快。

挑蘩蒌藤却一点也不愉快。冬天大多在湖桑田里挑，太冷，手伸不出去，也要伸。夏天，棉花地里闷热难当，钻在棉花行里挑猪草，汗如雨下。如在雷雨之前，气压低，几乎让人窒息。

母亲说蘩蒌藤救过她的命。过粮关的时候，饿死了很多人。那几年地里不长庄稼，却长草。到处都是蘩蒌藤。像疯了似的，不知从哪里来的这么多蘩蒌藤！母亲每天挑回家，用水烫熟，一家人吃下去，吃下去，总算熬过了春荒。说起蘩蒌藤，母亲经常感慨，也是命不该绝啊，那是老天派来帮人度命的吧。

所幸的是，吾没有吃过蘩蒌藤。现在有人说蘩蒌藤好吃，味似豌豆尖，甚至比豌豆尖更柔嫩更鲜美。母亲是不信的。她说一想到蘩蒌藤，她的胃里还会泛酸水。

西方也有繁缕，英文名叫 chickweed，意为鸡草。还有繁缕花语，意为雄辩或者恩惠。西人居然将繁缕视作大地的恩惠，不知他们有无以之充饥的历史。

笆斗柳

即杞柳。幼时只知其叫笆斗柳，盖此物可以编成笆斗也。笆斗是农家不可或缺的工具，收粮要用它，分粮要用它，运粮有时也要用它。为何叫杞柳？是不是原产杞国？或者与枸杞有关？吾至今仍不得而知。

吾乡渠边长满此物。似杨柳，却是灌木，虽柔软但比杨柳强硬。似夹竹桃，又没有夹竹桃高大。红皮绿叶，蓊蓊郁郁，蓬蓬勃勃。渠有多长，笆斗柳就栽多长。幼时上学放学，总要从渠边走过，笆斗柳成了我们的青纱帐，拐个弯，就可以躲猫猫，找不到人影了。

不过，笆斗柳上多生一种叫洋辣子的毛毛虫，一旦碰到，要疼好几天。

盛夏或者初秋，队里就要割下笆斗柳去卖。笆斗柳一割下来就要抽剥其皮，干了就不好剥了。剥皮非剥，一手用弧形钳子夹住枝条的一头，由粗到细，一手抽出。如此重复两次，即可去其皮也。不要小看此活，其实是有手艺的，钳子要拿捏得不紧不松，太紧，易伤木质；太松，难净其皮。去皮的柳条雪白雪白的。晾干以后，按粗细长短分类，卖到街上柳器厂。

笆斗柳其实不仅可以做笆斗，还可编成柳条筐、簸箕、畚箕等。这些古老的农具，廉价而实用，在中国可能使用了二千年以上。《诗经》有云“将仲子兮，无折我树杞”。树杞，即杞柳也。

有时还可编成排子，充当床板，只是翻身就听到吱吱作响。吾幼年就睡过这样的床板，也没有觉得有什么不好。

吾已多年不见笆斗柳矣。现在吾乡还有笆斗柳吗？

皂荚

乡人称为皂角树。幼时老屋的后边有一棵，也不知长了多少年了。每年春天开花，白色的，有点发黄，然后结成豆荚一样的果子。那果子就是皂荚。渐渐长大，长至半尺。起初是绿的，后渐渐变深，等到秋风起，已枯黄干燥，等人摘取了。

树长在河边。临河的枝头，够不着，那些皂荚就一直挂着。冬天，叶子掉光了，皂荚还在。直到春天新叶吐绿时，才发现皂荚没了，不知什么时候落在水里，喂了鱼儿了。

皂角树的刺长且硬，约二三寸，可以用来挑螺蛳肉。摘皂荚的时候，千万要当心，伤了皮肉不要紧，还能再长好。弄破了衣裳，就糟了。

皂荚是洗头发的上选之物。用斧子将其捶碎，以开水泡之，稍凉，再以纱布滤之，一盆纯天然的洗发液就成了。用皂荚水洗发，柔顺爽滑，比石碱强多了。

庄上皂荚树似乎不多，左邻右舍时有来讨皂荚洗头的，祖母总是大方地让她们自取。皂荚就放在草屋的檐下。她们总是一边挠着头发一边说，痒死了，痒死了，不洗不行了，然后拿了皂荚，千恩万谢而去。

现在想想，真是奇妙。天生万物，皆为人备，连洗发的皂荚都为人备好了。如果不是欲望的疯长，人类本来是可以在自然状态下休养生息的，何需搞出那些化学的劳什子来？

香橼

似桔非桔，似橙非橙，似柚非柚，香橼也。

橼香如柏。一室之中，一枚可香半月，由绿转黄，香味不减，沁人心脾。

盛夏之间，摘得香橼一二，置于房中，顿觉清凉，是以消夏也。

幼时家中种有两棵香橼树，春放白花，夏挂青果。大者如拳，小者盈握。

吾常携之上学，以为玩具。课间抛接，一如皮球。谁若无能使之坠地，即开除其球籍也。

一周之后，香橼渐黄渐软。有同学以铅笔刀剖之，尝其一片，酸涩异常，吐舌不已。

草屋改成瓦房，香橼被伐，吾伤心不已。母亲劝慰说香橼无用，不长也罢。

噫，谁说香橼无用？其香益人，其果好玩，其树四季常绿，可添冬日生机；其实尚能入药，功在理气舒郁。

天生一物，必有一用。非物无用，是人不知其用也。且有用无用，岂可以人为私？物之用，人之用，岂可一概而论耶？

香蒲

吾乡河边渠边水边往往长有此物。没有人种它，天生就长在那里，年年春天从地下窜出来，根部发白，越长越绿，直至半人高，叶如翡翠，光滑玉润。靠近它，有一股清香，因而得名。

入夏，香蒲花发，形似短棒，长约半尺，褐色，乡人谓之蒲棒。蒲棒，可入药，有止血之功，但吾乡却以之为蚊香。夏夜纳凉，点上几根蒲棒，可以驱蚊。

蒲棒在不同的地方，有不同的名字，贵州人称其为水蜡烛，亦很形象。现在城里的孩子可能会叫它水热狗，因为太像热狗了。

嫩蒲茎可食，且是一道名菜。相传，梁红玉守淮安，与金兵长期对峙，城中缺粮。正焦虑时，发现马食蒲茎，于是让士卒采食，军民以此度过了危机，打败了金兵。从此，蒲菜成了抗金菜，淮安人无蒲不成席。到淮安不食蒲菜，等于没到淮安。

其实，蒲菜入馔已有二千多年。《周礼》中有“蒲菹”的记载，应当是蒲菜的腌制品。

蒲菹也好，蒲菜也罢，可惜吾乡均不食之，因为有更重要的用途。

香蒲长成以后，割下来，就成了蒲草。蒲草可以加工成许多日用品：蒲团、蒲包、蒲垫、蒲枕……在漫长的农业社会，蒲草是能够让人类过上自给自足的自然生活的重要原料。吾乡不食蒲菜，相信是一种更经济的理性行为。

现在我住的小区也长了不少香蒲，每次经过它的时候，都会驻足留意，发一点思古幽情。

杨柳

吾乡水乡，多杨柳。小学边上有个池塘，池塘边上有几棵杨柳。上学的路上有一条河，河的两边也有许多杨柳。串场河、通榆河、通扬河的边上，最多的也是杨柳。杨柳是吾乡的风景之一。

早春二月是从杨柳开始的，深秋入冬，则是从杨柳结束的。杨柳是落叶林中绿色时间最长的。子曰，“岁寒，然后知松柏之后凋也。”吾以为，其松柏应该改成杨柳。松柏是不凋的，真正后凋的是杨柳。

春夏秋三季，杨柳风姿绰约，竭尽所能地奉献它的美。风止时，如玉人临镜；风过处，如美人起舞。风来婆娑，风情万千；风去婆娑，万千风情。杨柳的美，美在一个柔字，妙在一个韵字。

杨柳也添烦恼。春天，杨花似雪，满天飘絮，有人过敏。夏天，多生毛毛虫。毛毛虫，俗称“杨辣子”，人一碰到，又疼又痒，十天半月也好不了。吾幼时曾经吃过不少苦头。

幼时民兵训练，必折柳作圈，套于头上，以为伪装也。吾等效之，亦折柳枝于头上，手持红缨枪，嬉戏打闹，以为英武也。

杨柳是吾乡的风景，《杨柳青》是吾乡人爱唱的民歌。吾幼时对它的歌词不甚理解，只觉得曲子好听。

古人写杨柳，则意蕴丰富。有思乡的，有念友的，有怀春的。佳句叠出，美不胜收。

杨柳，杨柳，只是杨柳，并不是杨和柳。有人说隋炀帝开运河，栽柳树，赐杨姓于柳，故曰杨柳。其实是古人附会之言，想当然耳。君不见《诗》云“昔我往矣，杨柳依依。今我来思，雨雪霏霏”，南朝诗中亦有“水逐桃花去，春随杨柳归”，这说明杨柳一词，古已有之。

《尔雅》释杨为蒲柳。古代杨柳同义，可以互文。《战国策》中楚人养由基善射，可百步穿杨，射的却是柳叶。《唐诗纪事》中杨国忠向玄宗告状，说李泌赋柳骂他，玄宗曰：“赋柳为讥卿，则赋李为讥朕，可乎？”

杨柳同义，则杨花柳花柳绵柳絮，皆为一也。李白说“杨花落尽子规啼”，又说“风吹柳花满店香”；苏轼说“枝上柳绵吹又少”，又说“不是杨花，点点是离人泪”。每每读到这些诗句，吾就要想起家乡的杨柳。

现在长在城市中的孩子，只能穿梭于水泥丛林之中，还能找到这种诗的感觉么？

楝树

好多年不见楝树了。

幼时老屋门前长了一棵楝树，枝分三杈，曲而有致，高大，茂盛。夏天，一树繁华。早晨，在其荫凉中喝粥；傍晚，还是在其荫凉中喝粥。中午，搬一条长凳在其荫凉中睡觉。睡不着，看云。云从东边飘来，那是海上的云，银白银白的，慢慢飘过树顶。有时有飞鸟经过，停一下，叫两声，啄几粒果子，又飞走了。再看云，云没了，只剩下一片蓝天。

楝树，学名叫苦楝。春天发叶，开花，淡紫色的碎花，一簇一簇的，散着清香。而后挂果，串串青绿，十分可爱。遗憾的是果子有毒，不能吃，只能玩。抓一把，一粒一粒扔到河里逗鱼，鱼为之跃，果子却沉下去了。

秋风起，楝果黄。一夜大风，一地金珠。随后，木叶凋零，删繁就简，露出树顶上的喜鹊窝了。整个冬天，楝树就是萧瑟诗意的形象注解。

楝树有用吗？似乎无用。

楝树无用吗？

我却时常想起这棵楝树。

竹园

家中有个竹园多好！

在老屋与小河之间，是一片竹园。竹根护坡，河屋相安。竹园森森，四季青青。小鸟啁啾，晨昏两唱。柴鸟麻雀筑窝于竹枝之上，更添生意无限。

竹林是吾幼年的百草园。在这里，吾捡过蛇壳，拿过鸟蛋，捉过地鳖虫，挖过麦冬，挑过"猫耳朵"、"牛耳朵"和车前草。如果没有竹园，吾幼年的生活会多么无趣。东坡说，宁可食无肉，不可居无竹，诚哉斯言。

竹子是刚竹，用做鱼竿，最好。吾幼时钓鱼都是自己砍竹子，做钩子，穿浮子，装坠子。还可用来做篮子、筛子等竹器。当然，这要靠专业的篾匠才能做。有时将篾匠请到家里，好饭好菜管几天；有时砍下几捆竹子去篾匠铺里换。

有时也有烦恼。老屋泥墙，难免裂缝。春天，笋子居然会穿过墙缝长到堂屋里、房间里，不得不及时除之。

吾乡人多田少，土地金贵，但许多人家屋后都有一小片竹园。在没有塑料制品的年代，竹园是竹器的原料基地，是农耕文明生活方式的重要保障，是不可缺少的生活资料。

竹虽好，有时也有作负面材料的。民间故事“唐伯虎点秋香”中，二人对联表情，一个说，竹本无心，皮外多生枝节；一个说，藕自有窍，腹内满藏情丝。显然，竹子受了委屈。毛泽东说山间竹笋“嘴尖皮厚腹中空”，更是贬损得不轻。

其实，竹子的形象更多时候是正面的，岁寒三友，竹居其一。郑燮的诗更为传神，“咬定青山不放松，立根原在破岩中。千磨万击还坚劲，任尔东西南北风”。他笔下的竹子就是其理想人格也。

有一则关于竹园的笑话一直存于心间。明初才子解缙，早年家贫，却与一富豪毗邻。富家竹园成了解家的风景。过年，解缙自撰春联，贴于门上，云“门前千棵竹，胸中万卷书”。富豪不爽，令人尽砍其竹，以使解缙出丑。解缙不慌不忙，又在联下各添了二字，富豪再读，一时气绝，原来春联变成了——

“门前千棵竹也无，

胸中万卷书长有。”

桑树

乔木，高可三丈。枝叶四散，浓荫蔽日。树干粗者盈抱，细者满握。旧时，桑树不仅用材，还供养蚕，农耕文明，不可或缺。陶渊明“狗吠深巷中，鸡鸣桑树颠”，桑树是其“暧暧远人村”的特征之一。此外，桑树与梓树合称桑梓，用以代指家乡，亦可见桑树之重要。

幼年，吾乡最重桑树，家前屋后都有几棵。因为桑木结实细腻有韧性，不易变形，是做家具的上好木料。

母亲一直想有一张纯桑木的八仙桌，作为传家宝。她是有儿子的人，没有一张好桌子，怎么行呢？有了桌子，还要配四张茶凳，也必须是桑木的。这样，才够气派。逢年过节，亲朋好友，围坐一桌，连声夸赞桑木桌子和茶凳，想想也是美的。母亲为此积了好多年，才凑够了桑木。

好木头总是长得慢的。桑树即如此。从苗到树，从小树到大树，不知花了多少年。春来展芽，秋尽凋叶。盯着它，它似乎没有动静；忘了它，却好像一窜老高。早年，吾在树下还能摘到桑树果儿；后来，渐渐够不着了。某年夏，生产队养蚕湖桑叶不够了，动员家家献桑叶救急，母亲让人爬树抹下桑叶，那桑树光秃秃的，真是受了折腾了。

乡谚，桑树要从小"入"。入树，即以一根直木绑住小树，不使长歪也。风来风去，小桑树极易长成风的形状——七弯八歪，因此要用一根直木将它绑好。入树要趁早，一旦长大了，即定型了，难改了。乡人将这种生活经验提炼出来，变成了智慧，意为孩子要从小教。

某年，吾家老屋东南的桑树终于成材了。父亲将它锯下来，准备第二年请木匠打桌子。锯树的那一天，吾心情很矛盾，既兴奋，又不舍。看着锯条渐渐深入，锋口吐出金黄的锯末，又很心疼。树若有灵，痛何如哉！

后来，吾读《庄子》中有关樗树无用"不夭斤斧"的高论，总是想到家中桑树被锯的情景。

枫杨树

苏童最喜欢写枫杨，读小说时，吾不知枫杨为何物，只觉很神奇。后来偶然得知枫杨树就是燕子树，恍然大悟。

吾小学的操场边上有一条河，河边上有一棵枫杨树，高大威猛。主干粗壮，难以合抱。高过两丈，分成三杈，再向上，再分出杈来，还向上，还分出杈来，足有五六丈高，树冠几乎盖过了半个操场。这棵树栽于何年，由何人所栽，已无可考，它几乎成了学校的标志。

枫杨树为何叫燕子树？夏天，枫杨树开花结果，很特别。所谓柔荑花序，即其花如长枝，上面长满一串果实，粗看如柳芽，细看恰如一只只燕子张开了翅膀，因以得名。

风过处，那果子落在地上，成了我们的玩具。课间嬉闹，就是攻击的子弹。有时恶作剧，乘人不备，从后面塞进同学领口，引得哈哈大笑。

枫杨树有微毒，这是吾幼时就知道的。烧饭的校工每次从河里挑水，都要绕到它的上游，他怕“燕子”掉在水里，让老师吃坏了肚子。

枫杨树的皮和叶可以入药，是吾现在才知道的。它可以祛风止痛、杀虫敛创。水煎之或捣烂之，用以水洗或外敷，可治烫伤甚至脚气。

其实，凡药三分毒。这是一个事物的两个方面而已。

秋天，枫杨叶落。操场上、小河边，到处都是叶子。老校工每天清晨打扫，早到的同学可以看到他挥动扫帚的身影。

冬天，枫杨树只留下树干树枝衬于天空之下，一副苍老的筋骨立于天地之间，让人有种写诗的冲动。终于有喜鹊选中其高端的树桠，衔枝筑巢，上下往返，不辞辛劳。月余，一个硕大的喜鹊窝稳稳地支在上面。

春天，枫杨树开始长叶子，渐渐变绿，渐渐看不到喜鹊窝了，但总是听到喜鹊吱吱喳喳的叫声。

吾在这样的四季轮回中读完了小学。离开了，就很少回去过。如今，学校早已变成稻田，枫杨树也不知所踪。

某年，在南京一家新建的小区，突然看到许多高大的枫杨。真是久违了！吾不禁想起小学时的燕子树来，有一种特别的感觉，涌上心头，挥之不去。

意杨树

上初中的时候，吾乡通往县城的大路，终于拓宽改成公路了。公路的两侧各栽了一排树苗。

栽树的时候是冬春之交，树苗笔直，没有一根枝桠；光秃秃的，没有一片叶子。谁也不认识这是一种什么树。有人听说是杨树，从意大利进口的。乡人即试探着称之为意杨，不想还真叫对了，正是意杨。

春天来了，意杨开始发青吐芽展叶，到初夏，就好看了。不经意间，开枝散叶，一树繁华。叶子有点像桑叶，太阳下发亮，但另一面却粗糙多了。

入秋，意杨早早感受到肃杀之气，率先发黄发干，在风中发出声响。不久，地上一片金黄，枝头空空如也。

吾在这条乡间公路上骑车飞奔，一年四季，四季一年，转眼读完了中学。那意杨树几乎变成了参天大树。在吾乡的各种树中，似乎没有比它长得更快的。这条几十公里的城乡公路，俨然一条林带，放眼望去，就是吾乡的一道风景。

意杨是挺拔的，树高根深，很少虫害，抗风能力极强。即使台风，也很少能撼其根，折其干。中学时，课本中有茅盾的

《白杨礼赞》，吾乡没有白杨，吾就把意杨假想为白杨，甚至觉得，意杨也有白杨一样的品格，绝不旁逸斜出。这对吾理解课文很有助益。

某年，吾到苏北工作。意外地发现苏北大平原，阡陌纵横，遍地意杨。这里是全国最早引进意杨的地方。几十年生长，参天意杨成为优质资源，许多木材加工厂应运而生，挖出了当地脱贫的第一桶金。据说，一棵栽于 1976 年的意杨树，至今还健在，树高近 50 米，直径 1 米多，算下来，单株木材近 17 立方米，被称为“中国意杨王”。

又某年，吾有幸到访意杨的故乡，自北向南乘大巴穿越亚平宁半岛的时候，吾看着不时出现的意杨林，一时恍惚，误把他乡作故乡。

松树

松树有一百多种，吾认识的不到十种。吾在吾乡见过的可能只有两种，一种是油松，一种是马尾松，又叫塔松。

不论是油松还是塔松，都是在长在烈士墓里的。其他地方，似乎很少有。

第一次见到松树，还是在“文革”中。武斗死了人，有人被追认为烈士。县里召开纪念大会，通知乡人参加。吾从小好热闹，跟着大人徒步。烈士墓在城南，离家有二十里地，四岁的孩子哪里跑得动，跑着跑着，就骑在父亲的脖子上了。

到了烈士墓，人多，树更多。路的两边栽满了塔松，一棵接着一棵。路与路之间的墓地里，是高大的油松。正是春天，万木葱茏。空气中有一股浓浓的清香，闻所未闻。这清香从此深刻在记忆中了。后来知道这就是松树的味道，可能还有柏树的味道混在其中。

人言爱屋及乌。吾是爱香及树，从此，吾爱上了松树。一看到松树，一想到松树，就有一种神清气爽的感觉。虽然幼时叫不出松树的名字，但是三年级开始，每年春天都要到烈士墓扫墓，写作文，吾对松树的印象年年加深，有增无减。

中学时语文课本上有一篇陶铸的《松树的风格》，有些段落，至今还能记得。诸如“要求于人的甚少，给予人的甚多，这就是松树的风格”。还有“杨柳婀娜多姿，可谓妩媚极了，桃李绚烂多彩，可谓鲜艳极了，但它们只是给人一种外表好看的印象，不能给人以力量。松树却不同……”真是朗朗上口，入脑入心。

可能是受此文影响，吾对松树倍增好感。

古人喜欢画松树，吟松树。历代名画中多有松树题材。或松下对弈、或松下抚琴、或松下饮酒，都有一种仙风道骨，气息不同寻常。中国山水画中更是几乎离不开松树。画家的笔下，松树已经人格化了。

诗与画相得益彰。古诗中的松树也是精彩纷呈。松树的孤直凌云，正符合诗人的胃口。李白的《古风》和《南轩松》直接写松树，一云“松柏本孤直，难为桃李颜”。一云“何当凌云霄，直上数千尺”。其实哪里是写松树，就是写自己！诗人的形象呼之欲出。贾岛喜欢以松树为背景，一首《寻隐者不遇》“松下问童子，言师采药去，只在此山中，云深不知处”。真是仙风扑面，千年不衰。王维的“明月松间照，清泉石上流”更是诗中画，画中诗，成为历代画家追摹的意境。

将松树拉到现实层面的是陈毅的《青松》。“大雪压青松，青松挺且直。欲知松高洁，待到雪化时。”吾以为这是陈毅最好的诗，没有之一。

在中国，松树不仅是松树，不再是木材，不再是植物，而是一种品格，一种操守，一种信仰，一种希望，南山松不老，黄山松迎客，都融化在民族文化之中了。

松树不仅中国有，全世界几乎都有。吾曾在东京皇宫外看到许多矮小的罗汉松，别有情致。也曾穿行在新泽西的短叶松林里，感受着初冬的凛冽。也曾为罗马的伞松，感到惊奇。其蓊蓊郁郁，冠盖如云，确是难得一见。

吾猜想，当地的人民对他们的松树一定也有着相似的情感，但不知是否像中国人一样，把松树当作一种精神的象征？

禽 鸟 部

麻雀

这是吾乡最多的一种小鸟。成群结队，少则数十，多则数百。成片飞来，叽叽喳喳；成片飞走，一时空寂。

夏秋两熟，麦田稻田，最是麻雀的天堂。乡人有时用稻草人吓它，却并无多少用处，胆大的干脆立在稻草人的头上，呼朋引类。乡人有时在田里插上彩旗，风过处，猎猎作响，颇有势阵。初，麻雀不敢接近，稍后，见无大碍，乃啄食如常。麻雀之聪明，可见一斑。

有人算过一笔账，一只麻雀每天消耗多少粮食，中国约有多少只麻雀，所耗粮食累计起来，可能养活一支军队。这个天文数字，让人触目惊心。

雀争人食，终酿惨祸。有人说，1957 年的右派很惨。其实，1958 年的麻雀更惨。剿灭麻雀的运动，险些让麻雀亡雀灭种。张网下药，打死的，毒死的，不计其数；日赶夜轰，吓死的，累死的，亦不计其数。偌大的中国，竟无一枝可栖麻雀哉。

幸而，两年后冤案平反。人们发现，麻雀除了吃粮食外，更是捕虫能手。其害虽大，其益尤胜耳。

更为幸运的是，麻雀的繁殖力极强。春夏秋三季能育。

一年至少要孵两窝，一窝四至六只。亲鸟养护有加，雏鸟半月可飞。如此繁衍，又广布天下矣。

吾幼时，麻雀已渡过劫难，恢复常态。早晨，是从麻雀的叽叽喳喳中开始的；黄昏，也是从麻雀的叽叽喳喳中结束的。吾家屋后有一竹园，竹园成了麻雀的乐园。春天，麻雀窝中常有鸟蛋。细如小枣，灰色的，布满斑点。

有人要吃麻雀蛋，祖母说吃不得，小伙吃了得麻雀眼，姑娘吃了会长雀斑。麻雀眼，即夜盲症。雀斑，更恐怖，姑娘再俊，倘一脸雀斑，如何嫁得好人家？这样的警告，近乎诅咒，谁敢再贪嘴？

而今思之，祖母的话，看似迷信，实是对麻雀的保护。其口口相传，代代相传，无疑是一种原始的朴素的生态文明。

日前，某君说吾乡麻雀好吃。吾心中一懔。吾从不食麻雀。那样的小生灵，伶俐可爱，岂忍食之？

喜鹊

“喜鹊叫，客人到，大人笑，娃儿跳。”这是吾乡有名的谚语，生动地反映了乡人好客的特点。但在那个捉襟见肘的年代，其中的“大人笑”，可能是勉强的苦涩的。我拿什么招待你呢，我的客人？

鸚其鸣矣，求其友声。喜鹊叫，可能也只是呼朋引类而已。但人不通鸟语，就生出许多妄想妄议来。比如喜鹊报喜，其实哪有什么喜忧？民俗有时是不讲理的。也许是某种巧合，也许就是凭空的想象，反正，喜鹊就是会报喜，喜鹊就成了喜鹊。即使是莫须有的妄想妄议，人们一旦认定了，就成了文化。在这样的文化中，喜鹊获益良多。喜鹊喜与人类结伴，人类亦与喜鹊和谐相处。

老屋旁有一棵楝树，楝树的高处有三根枝椏连在一起，正适合做鸟窝。两只相好的喜鹊也是慧眼，选中了它。从冬到春，不停忙碌。一会儿衔来柳枝桑条，一会儿叼来棉花羽毛，眼见得从无到有，从小到大，一天天成型了。喜鹊搭窝很辛苦，有时嘴角会流出血来。窝搭得很巧妙，有底有盖，风雨不侵。只留一侧口，任其出入。

两只喜鹊有时站在窝边枝头上叫，有时飞到草屋顶上叫，有时也飞到邻居家的屋顶或树上叫。喜鹊在枝头上叫，很平常。如果在哪家屋上叫，就会认为哪家有喜事了。总之，不管在哪儿叫，它们都是受欢迎的。

《诗》云“维鹊有巢，维鸠居之”。这是成语鹊巢鸠占的由来。其实占鹊巢的何止是鸠。吾乡的八哥也是侵略者之一。乡谚，说嘴的和尚念不好经。八哥嘴巧，却不会做窝。不会做窝，却会抢窝。想想也是胆大，八哥居然专抢喜鹊窝。

一日清晨，吾闻喜鹊叫声有异，似有凄惨之色。跑出屋外，抬头一看，两只喜鹊正在枝头与八哥打架，打得羽毛乱飞。一只八哥赖在喜鹊窝里，一只在枝头与喜鹊缠斗。喜鹊居然无法赶走八哥。不一会儿，从远处又飞来七八只喜鹊助阵。谁知，又有一群八哥前来壮胆。于是，喜鹊八哥叫声连成一片。

吾一堂兄擅长弹弓，可谓得心应手，弹无虚发。他气不过八哥霸道，引弓欲射，却怕误伤喜鹊，几次作罢。最后逮到机会，打伤了一只八哥，方结束了这场“鹊鸠”大战。

而今思之，八哥喜鹊，均益鸟也。人何故厚此薄彼耶？鸟争因人而易势，幸乎，不幸乎？人因鸟斗而出手，智乎，不智乎？

苦厄鸟

因其叫声而拟名，此吾之别裁也。也叫“姑恶鸟”“苦恶鸟”“白胸秧鸟”。

史上多云其为“姑恶”，乃咒恶姑也。《本草纲目》中说，“今之苦鸟，大如鸠，黑色，以四月鸣，其鸣曰苦苦，又名姑恶，人多恶之，俗以为妇被其姑苦死所化。”李时珍此处语义含混，值得斟酌。倘说姑恶鸟叫声难听，人多恶之，可也；倘说其为其姑苦死之妇所化，且人多恶之，则不可也。

宋以来，许多诗人为之赋诗，然写得好的仅有苏东坡范石湖陆放翁等，其余几无可观之处。

吾乡河边池边塘边，芦苇中、灌木丛，春夏两季，常有此鸟叫苦不迭，连听竟如“苦厄苦厄”，声声皆苦，一声苦似一声。此鸟羞于见人。吾幼时只闻苦厄声，未见苦厄鸟。吾曾多次循声寻鸟，一旦接近，即悄然无声，不知所踪。有时听得烦了，击掌吓之，即缄口不语。少顷，复鸣如故。

黄梅时节，烟雨迷濛，苦厄声声，更见凄清。

夜深人静，苦厄叫得更响，彻夜不停。夏虫低回，苦厄高亢。时远时近，亦近亦远。此吾乡仲夏夜之主旋律也。此鸟或为乡人之苦而鸣耶？

吾幼年常在苦厄声中入梦乡，又在苦厄声中，不知东方之既白。

吾已多年不闻苦厄声矣。

某夜，吾宿东太湖，忽闻苦厄鸟叫，心有所感，得诗一首：

早岁惯闻苦厄声，
不知鸟语代人言。
今又忽闻苦厄声，
谁知声声难入眠。

布谷鸟

吾乡称为“麦黄草枯”。很长时间，吾只知此名，不知其他。后来读书，渐渐知道它有许多名字，布谷、杜鹃、子规、杜宇等等，并且还知道它的叫声有多种说法，诸如“布谷布谷”或“快快收割”，甚至有“光棍好苦”等笑谈。

也许是先入为主，吾以为还是“麦黄草枯”最为生动形象。布谷鸟是候鸟，麦收时节，从南方飞来，一路向北，啼叫不停。其时正是麦黄之时，满目流金。布谷鸟一路高歌“麦黄草枯”，有感而发，正其时也。夜深人静之时，其声最为清晰。它似在提醒乡人，不可错过农时。

然，有心人听成“光棍好苦”，也不难理解。春夏之交，正是多感之时，布谷旷夫，正所谓天人合一也。

布谷声声，引人情思。布谷的口腔和舌头都是红色的，更引出许多关于“杜鹃啼血”的传说。古往今来，诗词歌赋，佳作迭出。布谷鸟是最富诗意的鸟，没有之一。唐宋之际，多少名家大家，都以布谷入诗，都有锦句传世。最朦胧的是“望帝春心托杜鹃”，最清新的是“杨花落尽子规啼”，最壮观的是“千山响杜鹃”，最空寂的是“又闻子规啼夜月”，最凄美的是“杜鹃声里斜阳暮”，最悲壮的是“化作啼鹃带血归”。由此可见，如果没有布谷鸟，唐诗宋词该失去多少光彩！

现代人对布谷鸟有了新的认识。它不筑巢、不孵卵、不哺雏，而是将蛋生在画眉苇莺等小鸟的巢里，由其代育。小杜鹃一出世就会把其他雏鸟推出巢外，独享义母的宠爱。羽毛一旦丰满，立即远走高飞。

如果古人知道布谷鸟的这种德性，还会写出那些深情的诗句吗？

董鸡

吾幼时只知咯咚，不知它叫董鸡。咯咚，乡人又叫作“格段”。也是拟音而得。此鸟声如击鼓，咯长咚短，咯轻咚重，时快时慢，单调浑厚，但传得很远。

每年四五月，秧苗葱绿之时，它就隐在秧亩里。晨昏之间，时时鸣叫。咯咚性机警，喜独处。唯怀春求偶以发声也。不料，有时给自己带来了危险。

乡人以为咯咚味美，比野鸡好吃，且为大补。其脚爪尤为良药。将之在檐下风干，谁家小孩得了百日咳，以之煮汤喝下，一定霍然而愈。这种民间偏方，有时堪称神奇。

吾幼时没有吃过这种野味，甚至连咯咚的样子也未能看得仔细。只是在秧亩边，循其声，觅其踪，有时能远远看到它的头在一耸一耸地，好像在啄食着什么。有时走得近了，它就会扑棱棱地掠过秧田，飞到一边躲起来了。吾来不及细看，只觉得它是黑色的，头上似有一点红。少顷，可能它觉得安全了，又开始咯咚咯咚地叫起来。

幼时某年，母亲和伯母在秧亩起秧。天刚蒙蒙亮，惊飞了一只咯咚，却意外地拿到了三只咯咚蛋。这三只蛋居然治好了妹妹的百日咳。为此，吾对咯咚印象深刻，如果改叫“咳断”，倒也恰当。

好多年不闻咯咚声了。母亲说，现在农药太多，哪还有咯咚？

某年到溱湖，意外发现溱湖还有咯咚，更意外地得知咯咚的学名叫董鸡。

董鸡？为何叫董鸡？吾疑心，董者，咚也，亦拟其声而名也。

山喜

学名灰喜鹊，又叫蓝鹊、长尾鹊、山喜鹊等。形如喜鹊，略小；羽灰色，故名。吾乡无山，却俗呼之为山喜。山喜，即山喜鹊之简称也。

吾乡多山喜，成群集队，喳喳叫，叫喳喳。一阵过来，在地上像麻雀一样跳跃，四处觅食，扫荡一下，又一阵飞走。它们群栖于枝头，群歇于田野。它们来无影，去无踪。喜鹊有窝，吾却从未见过山喜之巢也。

山喜真的很漂亮。黑头黑脚，灰颈蓝羽，体态优雅，结构匀称。这是乡人最喜欢的益鸟，说它只吃害虫，很少吃粮食。幼时玩弹弓，大人们总是叮嘱，不可打山喜。

山喜一年四季都在。冬天下雪，是鸟类最困难的日子。四野皆白，无处落脚。乡人有时在队场上放一点稗谷，却大多被麻雀吃了。很少看到山喜来食，不知它们怎么捱过雪天的？

山喜分布很广，几乎遍布国中，且欧亚许多地方都有。这说明它的生存能力很强。然而，现在吾乡的山喜却越来越少了。

显然，自然的严苛远不及人类的加害。山喜的减少既是生态恶化的结果，也是生态恶化的标志。据说山喜在一些地区已经被列为保护物种了。

噫，愿山喜的命运从此能够好起来。

鹁鸪

吾乡又叫鹁鸪鸪，亦为拟音而得名。因其鸣，常连续鸪鸪。春夏秋多闻此鸟叫，往往会下雨，因而又称水鹁鸪或水鸪鸪。

乡人以鹁鸪叫而知晴雨。此亦传统也。宋人梅尧臣有诗“江田插秧鹁鸪雨”。陆游却说“鹁鸪相唤还疑晴”。同是鹁鸪叫，一说雨，一说晴，二人抬杠，倒也有趣。吾幼时，祖母听其急促，则谓有雨；闻其疏朗，或曰天晴。如此，是晴是雨，不在鹁鸪，而在人之识别也。

鹁鸪的叫声很特别，鹁轻鸪重，鹁短鸪长，鸪鸪连唱，颇有韵味。人闻其声，似为喊魂。

吾是听着鹁鸪之声长大的，但却没有见过鹁鸪的样子。它或鸣于屋旁树巅，闻其声，树叶婆娑，难见其影；或鸣于河边苇丛，近其旁，忽缄其口，不知所踪。吾曾多次循声觅之，然此鸣彼应，如捉迷藏，终不得窥其一斑耳。

近年卜居城郊，檐下常闻鹁鸪，后山时有和鸣。多年迷惑，一朝得解。此鸟形如野鸽，灰色，常觅食于草地菜畦，成双成对，不离须臾。

或云此即斑鸠。吾以为恐非斑鸠，或为雎鸠也。

吾读《关雎》，始终不知雎鸠为何物。遍查典籍，语焉不详。多解为一种水鸟，声如关关。有人猜其为鸬鹚，有人疑其为鸳鸯，甚至有人以为是鹌鹑。吾以为，雎鸠在洲不在河，未必是水鸟。吾疑心，此即鹁鸪。鹁鸪发声鸪鸪，恰如关关之音变。关关之雎鸠，恰鸪鸪之鹁鸪。噫！果如此，鹁鸪当为中国第一号诗鸟也。

黄鹂

又叫黄莺儿。幼年乡间，吾常闻黄鹂叫，不知黄鹂名。其声婉转悠扬，不似人言，胜似人言。欢悦之情，溢于晴空。乡人称为“蜗螺雀舌”，吾猜其声如螺旋上升，故得此名也。

晨昏之际，黄鹂最好歌唱。常在树巅，怡然而鸣，只闻其声，不见其影。春日迟迟，它却醒得很早，窗外鸣叫，扰人清梦。夏日炎炎，它却总是唱尽黄昏，方肯归巢。好之者，誉之为“鸟类歌唱家”。怨之者，“打起黄莺儿，莫叫枝上啼，啼时惊妾梦，不得到辽西”。

黄鹂是诗家的宠儿。杜甫一人就有几首写到黄鹂，皆为名篇。其一，“两个黄鹂鸣翠柳，一行白鹭上青天”。其二，“留连戏蝶时时舞，自在娇莺恰恰啼”。其三，“映阶碧草自春色，隔叶黄鹂空好音”。对句之工，写景之美，难出其右。

然，唐人作诗，似不肯轻易认输。杜甫之后，有韦应物之“独怜幽草涧边生，上有黄鹂深树鸣”。白居易之“几处早莺争暖树，谁家新燕啄春泥”。杜牧之“千里莺啼绿映红，水村山郭酒旗风”。一个个各显神通，一首首争奇斗艳，堪称唐诗中的黄鹂现象。

黄鹂有二十多种，亚欧皆有。某年，吾在罗马被黄鹂唤醒。其声居然与吾乡一模一样。恍惚之中惊坐起，一时竟不知身在何处。

于是，口占一首——

罗马闻黄鹂，
以为在乡里。
鸟语胜人语，
凝神更觉奇。

燕子

某年，吾改编电视剧《吴贻芳》，写到晚年吴贻芳到少管所教唱儿歌一节，深为感动。

其歌曰“檐燕檐燕，别来又一年。你的旧门户，零落不完全。快去衔泥，快去衔泥，修补趁晴天”。她以檐燕补巢为喻，要孩子们尽快改过自新，进德修身，回归社会。

吾既感动于吴先生的言传身教，更为这首不同寻常的歌所感动。

古往今来，写燕子的诗词可谓汗牛充栋。主题各有不同，有惜春伤秋的，有寄托相思的，有感慨兴亡的，有抒发旅愁的，可以编成一部专著。吾以为其中最古老的是“燕燕于飞，差池其羽”；最雅致的是“落花人独立，微雨燕双飞”；最深刻的是“旧时王谢堂前燕，飞入寻常百姓家”；最恓惶的是“有如社燕与飞鸿，相逢未稳还相送”；最沉痛的是“满地芦花伴我老，旧家燕子傍谁飞”，几乎都写到了极致。

写燕子，倘能出新，难乎其难也。而这首二十世纪初年的学堂乐歌，却别出机杼，独具一格，格外动人。古人以乐化人，读唱此歌，感同身受。

“燕子来时新社，梨花落后清明。”每年春天，燕子从南方飞来，在吾乡的田野上欢快地飞翔着。有时成群地停在电线上，远远看去，真像是空中的五线谱。栽秧的时候，燕子最多。田里，人忙着；空中，燕舞着，像是赞美劳动的音符在上下翻飞。

檐燕，在吾乡更多是梁燕。那时家家都是草屋，房矮檐低，伸手可及，燕子岂敢在檐下筑巢，只有在梁间做窝了。燕子到谁家做窝，均被视为好兆头。尽管燕子做窝之时，做窝之后，都会给主家带来一定的困扰，但没有谁家会赶走燕子。人与燕子，真正是和谐相处的典范。

新燕筑巢无奇，奇的是旧燕还巢。远去千万里，相隔秋冬季，却似曾相识燕归来。它是如何找到旧巢的？这小精灵是如何判断方向识别自家？它有什么密码？它是如何解码的？造物主之神奇，有时让人不能不信某种超自然力量的存在。

筑巢也罢，补巢也罢，燕子都很辛苦，它们从秧田里衔泥，从草丛中衔草，从不知道什么地方衔来羽毛，然后用唾液一点点粘好。

燕窝做好了，很快就会生儿育女了。一双燕子要孵好几期。直到秋天，又带着儿女飞到南方去了。

吾幼时最喜欢看着燕子发呆。它们在空中自由自在的飞翔，真是优美极了，优雅极了。吾不知那是它们在捕捉昆虫，是辛苦谋生，还以为它们是在嬉戏呢！

不过，换一个角度想想，能把谋生之艰变得如此优雅优美的，也只有燕子耳，岂不贵乎！

白头翁

学名叫白头鹎。吾乡多有此鸟，比麻雀大，比山喜小，因为头上总有一朵白毛，故称为白头翁。这是乡人的幽默，其实它只是一种鸟，何以称翁耶？

白头翁叫声好听，尤其在春天，清脆响亮，婉转多变，有情有意。如果枝头一只白头翁在引吭高歌，一会儿，就会有另外一只，前来和鸣。一唱一和，两情相悦。少顷，又一同飞走，或者换一个枝头再唱。

白头翁是益鸟，专食害虫，乡人宝之。即使在最困难的年代，亦未伤害过它。这使得白头翁不怕人，与人很亲近，总是在家前屋后人前人后叫着。因为有白头翁，春夏秋冬，一年四季，乡人的生活就少了许多寂寞。

其实，只要人不伤害鸟，鸟就能与人其乐融融。

戴胜

乡人均知此鸟，却写不出名字。此鸟稀奇好看，大似麻雀，黑羽雪纹，长嘴短尾，身材灵巧。唯头有羽冠，冠绝同侪，因之名曰戴胜，颇有古意。胜者，古代妇女之头饰也。戴胜者，如戴冠也。

吾幼时偶见此鸟在地面漫步，羽冠大张，形如折扇，颇有绅士风度，边走边觅食，不经意间，便从地下啄出一根虫子。悠然得色，令人生羡。

戴胜专食害虫，益鸟也。其性善，能近人，适应力强。近年吾乡城中亦见其影。鸣声扑扑，粗壮低沉，冠羽起伏，喉颈伸长，如鹤引步，一步一点头。

春，戴胜发情。为保领地，赢得雌爱，雄鸟时相争斗。二嘴对峙，拉成直线，状如拔河，旋即松开。既分胜负，再不纠缠，各美其美，相安无事。

于是，双双营巢于树洞或墙洞，生儿育女。唯其巢脏臭，故又有"臭姑姑"之恶名。

世上事难两全。戴胜貌美而身臭，亦可见一斑也。

然，唐人贾岛只见其美，不计其臭，有诗《题戴胜》曰：

星点花冠道士衣，
紫阳宫女化身飞。
能传上界春消息，
若到蓬山莫放归。

鸬鹚

即鱼鹰。吾乡叫作老鸦。这是渔人驯化了的一种鸟，通体发黑，毛色发亮，尤其刚从水里出来的时候。

吾乡北边是水网，养老鸦的渔人很多，他们通常划一只小船，到四乡八村的河里沟里池里塘里拿鱼，那船如威尼斯的贡多拉一样。船头上立着七八只老鸦。

有时，河不通，只能扛船上岸。在船的前头装两只轮子，那船立即就变成了车子。渔人在后边推着，老鸦在前头立着，不慌不忙，引得许多村童跟随猎奇。待到水边，卸下轮子，放之下水，车子又变成了船。水陆两栖的船车和老鸦，是吾乡一景也。

冬天，渔人从北边上来，在吾家屋后的河里拿鱼。我们就站在桥上看热闹。

渔人拿起竹篙，在船帮上轻敲两下，老鸦似兵得令，立即翻身下水。不一会儿又冒出水面，有的嘴里就含着一条还在挣扎的鱼。黑鸦白鱼，对比强烈。虽然看不清鱼的品种，但能判断鱼的大小。鱼人用竹篙顶头的钩子钩住套在老鸦脖子上的小圈儿，捉住老鸦，捏住脖子，老鸦只好吐出口中的鱼。渔人将鱼放进旁边的鱼篓。

拿到鱼的老鸦，会得到一条小鱼作为奖励，老鸦脖子上的金属圈，让它只能吞咽下小鱼。得到奖赏的老鸦，立即又下水捉鱼去了。没有拿到鱼的老鸦也想讨小鱼吃，有些磨蹭，不肯下水，最终还是被渔人的竹篙赶下去了。

忽然，三四只老鸦从水下合作搀出一条大鱼来，足有三四斤，它们或啄鱼眼，或咬鱼尾，或叼鱼鳍，配合默契。鱼、鸦都在水面扑腾，激起水花一片。于是，桥上一片喝彩。渔人立即用网兜兜住那鱼，而后一一打赏，每个有功之臣的鸦嘴里，都会喂上一条小鱼。

乡谚，吃鱼没有取鱼乐。吾以为，取鱼之乐，莫如看老鸦拿鱼也。然，以鸦观之，实伤心事也。人扼其颈，夺其食，终年辛劳，不得饱腹。世间之事，悲莫悲兮，尚有愈此者乎？

八哥

原名鸲鹆。为何叫八哥？很奇怪。一种鸟，却称为八哥，实在让人费解。

或云，八哥毛色黑亮，翼有白羽，飞时显露，呈“八”字形，故名“八哥”。吾以为不足信也。何鸟展翅不呈八字形？独称八哥为八哥耶？

某日，偶读宋人《负暄杂录》，其中《物以讳易》解吾多年迷思。“南唐李主讳煜，改鸲鹆为‘八哥’，亦曰‘八八儿’。”如此看来，鸲鹆之所以称为八哥，一是因为“鹆”与“煜”同音而避李煜之讳；二是因为鹆字字形，拆开如“八八口鸟”，故讹曰八哥也。如此解释，似仍显牵强，但长此以往，民间只知有八哥，不知有鸲鹆也。

八哥在吾乡又有泥八哥之称，因为它不会做窝，常寄身树洞，弄些泥巴涂在洞中了事。八哥一身黑羽，油亮亮的，黄喙黄爪，很是神气。八哥常在地里觅食，常在枝头鸣叫，好群居，群飞群栖。一阵飞来一阵飞走。每日黄昏，八哥归林，总要叽叽喳喳聒噪一阵，才肯休息。

幼时队里水牛耕田，总有一群八哥绕飞左右。它们在新犁的地里吃蚯蚓，有时又在牛背上啄虫子。这样的场景是可以入画的。

八哥不会筑巢，乡人又称其为寒号鸟。幼时，父亲常讲寒号鸟的故事给我们听，但那时不知道寒号鸟即八哥也。当然，八哥也肯定不知道人把它当成寒号鸟也。

挨到春天，不会筑巢的八哥，却会将喜鹊的窝占为己有。想想也奇怪，喜鹊要比八哥大一倍，但竟守不住自己的窝，不知是何道理。

也许因为八哥不会做窝，故而乐于被人驯养。八哥能学人语，足见其聪明。吾幼时，姨妈家曾养过一只八哥，会说好几句人话，见到主人说“您好”，见到客人说“欢迎”，引得主客皆大欢喜。更妙的是，八哥还会主动说“八哥吃肉，八哥吃肉”，每每因此多吃了不少好食。

噫，世间因为善于学舌而得优遇者，岂独八哥哉？

虫兽部

蚂蟥

吾乡又叫蚂蜞。学名水蛭。水田里最多。水蛭，长约寸许。雌雄同体，繁殖力极强。以人畜血液或体液为食。

起秧栽秧时，最为苦恼的就是蚂蜞。不知不觉间，它就吸在腿上，吸血不止，直到吸饱才肯滚落水中。其后，其叮咬处红肿痒痛，最易感染。

吾小时被蚂蜞叮上，不知拍腿震之，而是用手拽之，往往拽不动。

母亲下田之前用肥皂涂在腿上，这样要好一些，但在田里时间长了，不管用，蚂蜞照样叮在腿上，有时连叮好几条。蚂蜞叮人，初时并无感觉，有的部位自己看不到，要靠一起干活的人相互提醒，才能去之。

吾记得有一次母亲栽秧中午回家吃饭，脚后跟还有一条蚂蜞，被我发现了才拽下来。

蚂蜞周身有粘液，生命力顽强。用脚在地上搓之，好像都死不了。吾有时只好用烧红的火叉烙之。

吾幼时对蚂蜞深恶痛绝，不知蚂蜞还是一味良药，炮制之后，能够治疗血淤等心血管病。据说现在一公斤蚂蜞，可卖千余元。南方一些地方，人工养殖，以之发家致富矣。

世上事，利弊相生。有一利必有一弊，有一弊必有一利。蚂蜞可资一证也。

地鳖虫

只有拇指盖大小，形似鳖，常出没于老墙根、柴草堆、锅门口的灰土之中，故名地鳖虫。北方话骂人为土鳖，即指此也。地鳖虫又名土鳖。

地鳖虫有雄雌之分。雄者会飞，雌者无翅。吾幼时粗疏，似只见过不会飞的地鳖虫。整个夏天，地鳖虫都很活跃，它们在灰土上爬行，见人，则潜入土中躲藏。但速度不快，很容易捕捉。地鳖虫并不咬人，捉在手上，可以感到其爪子挠人，痒痒的，只要胆子大，不怕脏，毋虑之。

地鳖虫能卖钱，桥北供销社专门收购。似按数论价，但价钱如何，吾已忘记。

幼时，吾与堂兄曾捉过不少地鳖虫，用玻璃瓶子装起来，送到供销社换钱。换得的几角钱，有时买了连环画，有时买了棒冰或其他零食。

供销社有人用开水将地鳖虫烫死，然后烘干或晒干。

烘干的地鳖虫可以碾成粉末，让患者服用。其药性能活血散瘀，通经止痛，主治跌打损伤。

某年，邻家老伯跌了一跤，不幸骨折。郎中为他开了方子：土元末一两，日服二次，每次一钱，黄酒送服。

老伯不知土元为何物。郎中说，地鳖虫也。

蛇

少时，读柳河东之《捕蛇者说》，为之折服，“永州之野产异蛇：黑质而白章，触草木尽死；以啮人，无御之者……”开篇即气势如虹，想见其蛇，殊为可怖！

吾乡幸无此蛇，但有蟒蛇、水蛇。夏天，蟒蛇在竹园、河边、草堆出没，捕鼠、捕蟾、捕青蛙为食，有时也偷猎小鸡。吾尝在竹园里和麦田里发现蛇壳，只觉瘆人，不敢碰。胆大的伙伴，以手拎之，送到药房里，可得五分钱。药房里不叫蛇壳，叫蛇蜕。蟒蛇有时会进入人家屋里，乡人一般不加伤害，驱之即罢。吾很奇怪，当年肉食稀缺，乡人为何没有取蛇肉而食之呢？

水蛇在河里为主，河面上经常看到它游动的身影。有时也潜到河底。某次，吾钓到一条水蛇，起初以为是鳝鱼，及至抓到手里，却是条水蛇，哎哟，妈呀，立马甩出去三丈远。

水蛇、蟒蛇都是无毒的蛇，乡人往往善待之。白蛇白娘子的传说，可能就是基于此种心理。这故事居然将人蛇之恋，弄得如泣如诉。想想也是醉了。

不久，蟒蛇的好日子到头了，供销社忽然收购蟒蛇作药。

于是，乡人纷纷将蟒蛇捉来，一条换几角钱。打蛇打七寸，捉蛇捉尾巴。供销社的师傅拎起蛇尾，三抖四抖，蛇即无力，下垂如绳。而后剖腹取胆，烘成蛇干，一圈一圈的，很异怪。吾每日上学放学经过，都要绕道而行。

乡人对火蛇、蝮蛇则必杀之。火蛇，土话叫作火叉练，颜色就像是烧红的火叉一样。吾疑心其学名叫作赤练蛇。蝮蛇，乡人叫作地鳖蛇，不知何故。此两种蛇，剧毒，常常躲在草堆里。拔草的人碰到了，一不小心就被咬着了，须立马送医，否则有性命之忧。有时医院太远，只能以民间偏方救之。

吾乡一老妇专治蛇伤，一旦有人被蛇咬，她即到河边采几种草叶，边走边掐，掐成草汁，敷于伤口，立竿见影。问其是何种草药，她说是祖传秘方，终不肯讲。

还有一种眼镜蛇，传说人一旦被咬，七步即死。幸而吾未曾见过。

某年，吾在吾乡看广场电影《白蛇传》，正片前居然加演一场新闻纪录片《蛇岛》，大受刺激，其中的许多镜头令人骇怖。与蛇岛相比，吾乡的这几种毒蛇，真是可以忽略不计耳。

青蛙

吾幼时没有读过格林童话，不知道青蛙王子的故事，但是知道青蛙。

青蛙，乡人称为田鸡。清明前后，天气一暖，田鸡就开始叫起来。夜深人静，蛙鸣呱呱。人近之，声稍歇；远之，复鸣如初。好之者，竟以为诗；厌之者，只觉心烦。

不久，河边、塘边、池边、渠边，一切有水的地方，几乎都可以看到蝌蚪了。蝌蚪，吾乡叫作蛤蟆乌。蝌蚪喜欢群居，一团一团的，很好捉。吾幼时，在渠边用手一捧，总能捧到几个蝌蚪。然后，将它们放到水盆里，看它们自在地游动，似乎并不知道害怕。

渠边的蝌蚪是鸭子的美食，但是鸭子哪里吃得尽蝌蚪？还是有更多的蝌蚪变成了青蛙。从蝌蚪到青蛙的突变，似乎是在一夜之间发生的。其实不然。蝌蚪渐渐长大，变成青蛙的形状，长出脚来，但还有尾巴。它依然靠尾巴在水里游动觅食，直到有一天，尾巴没了，才变成真正的青蛙。

青蛙是益虫。它捕食蚊子和各种昆虫，于庄稼和庄稼人，均善莫大焉。除了噪声烦人外，有百利无一害。辛弃疾的“稻花香里说丰年,听取蛙声一片”,是最好的写照。

有一首《咏蛙》的七绝,同样有名。“独坐池塘如虎踞,绿杨树下养精神,春来我不先开口,哪个虫儿敢出声?”有人说是少年毛泽东所作,有人说是李世民所作。不管是谁人所作,它确有王者之气。

生活中的青蛙却并非如此。捕食害虫的青蛙一天天长大,结果却给自身带来了麻烦。吾曾经亲眼看到一条蟒蛇吞食青蛙的情景,那样子,很残忍。蛇是青蛙的天敌。造物主是安排好了的,一物降一物。它们都冬眠,几乎同时醒来,组成完美的食物链。

其实,青蛙的真正天敌是人。人们捕食青蛙,以为蛙肉鲜美。城里人还取了很奇怪的菜名,某某美人腿。看到这样的菜名,吾真不知那食客是如何下箸如何下咽的。

蟾蜍

又叫蛤蟆，癞蛤蟆，吾乡多叫癞宝。吾以为此名更形象更生动更准确。癞宝浑身长满疙瘩，当得癞字，又浑身是宝，皆可入药。不叫癞宝，叫什么？还有比癞宝更贴切的名字么？

癞宝虽癞，命却不赖。不仅地上有，居然还上了天。相传，嫦娥偷了灵药，奔月而去，结果变成了蟾蜍。蟾蜍，雅。连月亮也跟着沾光，变成了蟾宫。可能是因为月亮太远，人们看不到蟾蜍身上的癞子，忘了它就是癞宝了。

但是，地上的蟾蜍，依然是癞宝。夏日，尤其雷雨过后，癞宝常在田埂里、水渠边、乡场上爬行，是很容易捉到的。它不像青蛙那样敏捷，总是慢吞吞的。但吾幼时因其形象丑陋，不敢用手碰它。据说，它的疙瘩里能刮出白浆，人一旦沾到，就会长出癞子，怕怕。

癞宝确是有白浆的，加工成蟾酥，是难得的中药，可治多种疾病。小学四年级的那一年，祖母得了冠心病，老是觉得胃里难受。有人说要吃癞宝煮鸡蛋，一吃就好。吾和堂弟决定要为祖母做一次癞宝煮鸡蛋。

家里不敢做。吾负责在河边野炊，找来几块砖头，支起一个小钢精锅。堂弟小吾一个月，却比吾胆大，他捉了一只大癞宝，用刀剖开，去其内脏，洗净。吾从家中偷来一只鸡蛋。究竟如何煮法，二人拿不定主意，商量了半天，决定连壳一起煮。可能火烧得太猛了，锅沸以后，却听到扑的一声，蛋裂了。

祖母不敢吃癞宝肉，但是吃了鸡蛋。她对两个孙子说，肉乖乖，奶奶病好了。

乡间更有偏方，云癞宝尿可治小儿大肚子。所谓大肚子即疳积也。

某年冬，吾邻家诞出一女婴，不幸得了疳积，肚子胀得能看到青筋，命在旦夕。找来郎中，郎中说，如有癞宝尿喂她，包好。可是大冬天的，到哪里能找到癞宝呢？一家人一愁莫展。

还是女婴的外婆主意多，她用罱泥的罱子，沿河敲开薄冰，居然罱到了一只大癞宝。其时，癞宝是冬眠的，死了一般。将其捉到家里，点燃一根麦草，烘其下巴，少顷，这癞宝居然醒了，喷出一泡尿来，恰巧落在铜盆里。郎中立即用癞宝尿喂了女婴。

被癞宝尿救活的女婴，现在已为人母，乡人说起这一节，她却怎么也不肯承认是被癞宝尿救活的。

老鼠

地球上何处无鼠？有人的地方就有老鼠。人对老鼠的态度有时是矛盾的。《诗经》中有“硕鼠硕鼠，无食我黍”的呼号，显见其时人是痛恨老鼠的。但十二生肖竟以老鼠打头，过鼠年时，老鼠居然成了金鼠。有的相声甚至能列出老鼠的诸多优点，真正是匪夷所思。吾乡有一风俗，大年三十的晚上如果听到老鼠动静，不可呼之“老鼠”，而要叫“财神”！可能是想发财想疯了。动画片中的米老鼠肯定是另外一种生物，不然，怎么会那么可爱？

吾对老鼠向无好感。幼时泥墙草屋，挡不住老鼠。半夜老鼠打架，在床顶覆棚上来回奔跑，恍惚之中，声如滚雷，细听之，又吱吱有声，如窃窃私语，实在讨厌讨厌。

老鼠不停地磨牙，逮到什么咬什么，衣服、棉被、米箩、木桶……都被啃过。家中书桌的一条腿，甚至被它们啃掉了一寸多，再也摆不平了。

老鼠太脏，不仅糟蹋粮食和器物，还到处拉屎拉尿。老鼠窝臭不可闻，霉味臭味混为一体，让人掩鼻。

老鼠过街，人人喊打。老鼠有优点吗？吾还真找不到。

鼠窃狗偷，鼠头獐目，鼠目寸光，鼠眉贼眼，鼠头鼠脑，没有一个好词。

为了灭鼠，人们想尽了方法，老鼠药、老鼠夹、老鼠贴，但就是无法彻底消灭老鼠。著名的毒鼠强，人沾到即死，但老鼠却能避其锋芒。作为一个物种，老鼠真是太厉害了。从这个意义上说，老鼠也有可贵之处，其生命力之顽强，令人尊敬。世界上鲜有物种能够与人抗衡的，老鼠是一个。它甚至以鼠疫给人类带来过沉重打击，乃至灭顶之灾。

老鼠的聪明或狡猾，吾是领教过的。某年，家中的风箱忽然拉不动了。打开一看，其顶端居然有一老鼠窝。老鼠窝由棉花和旧报纸做成，窝中居然有一窝小老鼠，红兮兮的，瘆人。乡谚，老鼠钻到风箱里，两头受气。这只老鼠看来不怕受气，居然将窝做到风箱里，也是绝了。家人正准备扔掉它，邻人却如获至宝，用麻油泡了，说这是一味好药，万一有人烫伤，一搽就好。

如此看来，老鼠还是有用的。现在许多生物医药实验，更是离不开老鼠。不过，以老鼠眼光看，人是太坏的东西，怎么能想出那么多办法祸害老鼠呢？

人看老鼠，老鼠看人，可能彼此都没有什么好印象。不过，有一种不同的眼光看过老鼠。据《史记》记载，李斯对老鼠有独到的发现："年少时，为郡小吏，见吏舍厕中鼠，食不洁，近人犬，数惊恐之。斯入仓，观仓中鼠，食积粟，居大庑之下，不见人犬之忧。于是李斯乃叹曰：‘人之贤不肖譬如鼠矣，在所自处耳！’”

李斯的发现太过残酷，仓鼠厕鼠，差别太大。人之一生，有时竟是在这两者之间耗掉的。譬如李斯，贵为丞相，当得仓鼠矣，然不免腰斩咸阳，终为厕鼠而不得耳！

黄猫

即黄鼠狼。学名黄鼬。黄鼠狼给鸡拜年——没安好心。这是家喻户晓的歇后语。吾幼时对黄鼠狼没有好感。

吾乡人家养鸡一般都要让鸡在家中过夜,生怕黄猫拖鸡。即使这样,仍防不胜防。某年冬,吾曾在半夜被鸡叫惊醒,那声音凄惨恐怖。父亲起床点灯,一看,一只母鸡已被咬死。黄猫不知从何处钻进屋内,又不知从何处逃走了。黄鼠狼嗜血,总是咬断鸡脖子,吸血。

乡人说黄猫骚气,是指黄猫的臭味,臭如坏鸡蛋。其臭难当。这是它用来抵御天敌的法宝。每遇外敌来袭,它总是撅起屁股,喷出臭气。但是黄猫想不到,其护身之宝,却引来杀身之祸。聪明的人类利用猎狗闻臭识黄猫,围捕之。

冬日,雪后。猎人带着猎狗在乡间巡弋。如果猎狗对着某个草堆大叫,不肯离开,猎人即在其四周围网。然后用铁叉戳捣草堆,赶出黄猫。可怜的黄猫逃出草堆,却落入网内,猎狗扑上,顷刻毙命。

冬日的黄猫皮毛都很值钱。皮子可以集腋成裘。尾毛可制毛笔,即狼毫也。毛笔是中国文化的重要工具。没有毛笔,则没有中国书画艺术；没有黄鼠狼，则没有优质毛笔。如此可见，黄鼠狼对我传统国粹居功至伟。

有人做过试验。黄鼠狼吃鸡是不得已而为之。先后将鸡与带鱼、鸽子、老鼠、蟾蜍一起供黄鼠狼选择，结果，黄鼠狼直到最后在别无选择的情况下，才吃了鸡。

黄鼠狼的冤案该平反了。人们发现，黄鼠狼爱吃的是老鼠。一只黄鼠狼一年能消灭三四百只老鼠。一只老鼠一年少说也要毁掉几十斤粮食，说一只黄鼠狼一年可以从鼠口里夺回几千斤粮食，并不夸张。

于是吾乡开始放养黄猫了。在乡间，有时会看到黄猫的身影在田埂穿梭。乡人看黄猫的眼光也不一样了，黄猫的臭味，似乎也比从前好多了。

狗

幼年乡间有狗，却不多。人都吃不饱，何以养狗耶？

乡人对狗的态度也是复杂的。爱之者，视同己出。恶之者，避之不及。食之者，怕其不肥。

狗乃土狗，黑白灰黄皆有，也有杂色者。狗能看家，然其时，家家家徒四壁，何物需看耶？狗能做伴，然其时，家家孩子成群，何愁无伴耳？

吾幼时怕狗。狗虽不多，亦偶有四处游荡者。某年春，吾在家中照看襁褓中的妹妹，突然门口一暗，一条大黑狗，吐着舌头，喘着粗气，看着我。此狗似高过吾头。吾吓出一身冷汗，正想着如何对付，它却转身走了。

狗通人性，还通灵。有谁听过狗哭么？吾听过。幼时河东是一片桑田，桑田的东边是邻队的人家。某夜，吾被狗哭声惊醒，凄厉惨怛，恐怖至极，令人汗毛直立。不几日，桑田里就添了一座新坟。原来是狗的主人当夜病逝了。

腊月，是狗的危难日。一些大狗莫名其妙地失踪了。原来有人偷猎肥狗，杀狗吃肉。有时偷狗的可能就是狗主人的同村甚至邻居。某年春节，一人头戴狗皮帽子拜年，却被同村的认出那帽子就是自家狗皮所做，于是大打出手，为狗出了恶气。

小学三年级，老师讲雷锋的故事，说雷锋小时候跟着妈妈讨饭，被地主家的狗咬了，鲜血淋漓。于是，同学们恨死了狗。

恰好一个出身地主的同学家里养了一条大黄狗。同学们要求惩办这条地主家的狗，代雷锋报仇。出身地主的同学只好大义灭亲，将狗绑起来，几个胆大的同学将那狗吊在一棵楝树上，用木棒击打。那狗哀号不已，却不死。直到家中大人发现了，才将其解救下来。

人与狗，狗与人，说不清，道不明。忠犬义犬，人或不如狗；疯狗恶狗，狗更凶于人。鲁迅对狗显然没有好感。他骂梁实秋是乏走狗，他要求痛打落水狗。他在《狂人日记》中说“咬人的狗不叫”，又说“赵家的狗又叫了”。

然而文学史上，对于狗叫的描写却大多是温暖的，充满人间情味。

《诗经》中称多毛的狗为尨，曰：“舒而脱脱兮，无感我帨兮，无使尨也吠。”吟诗的姑娘生怕狗叫妨碍了她与小伙子的好事。陶渊明的田园必须有“狗吠深巷中，鸡鸣桑树颠”。刘长卿之“柴门闻犬吠，风雪夜归人”，始见生气勃勃。

人类与狗相处了数千年。狗之于人的贡献一定远大于其伤害，然人对于狗的宠爱相对于其伤害，则难说矣。

某年立夏，吾放学途中遇一白色小狗。可能是春天刚生的，小得可怜，不禁伸手在它头上摸了一下。谁知它就跟定我了，一路跟我回家，再不肯走了。

母亲幼年被狗咬过，怕狗。她要我将小狗送出去。吾先是带着它走到邻队的庄子里，然后闪身狂奔回家。不想吾前脚进家门，小狗后脚就跟着回来了。如此反复送了几次，均不成。

吾心有不舍，但母亲的意志不可动摇，最后只好将小狗装到布袋里，骑上自行车，送到城里的巷子中。吾从袋里放出它，骑上自行车逃了，它跟着追了一段，叫了几声，终于没有跟上来。

兔

记不清是小学三年级，还是四年级，学校开学农课，要我们养兔子。吾生在农村，长在农村，上学却要学农，不亦怪哉？

然，其时吾只见过野兔，并未见过家兔，更未养过兔子。同学们对养兔子却是兴高采烈。每天，放学挑兔草，上学带兔草，喂兔子，不亦乐乎。兔子是外国的品种，有的说是澳大利亚的，有的说是新西兰的，究竟是哪里的，到现在也没搞清。反正是长毛兔，灰色的，毛长得快，过一段时间，就要剪毛。

养兔子的老师，是烧饭的校工兼任的。他其实并不懂，只知道喂草，清理粪便，其余也说不出什么道道。兔窝味道很不好闻。每次喂草时，吾都是屏住呼吸的。

到了黄梅天，学校的兔子生了病，一个一个死掉了，学农课也就结束了。吾小学的成绩很好，但这门学农课却没有人拿到高分，想想真是惭愧。

吾乡是“以粮为纲”的，但有一阵忽然强调“全面发展”，号召家家养兔子。学校的兔子没养好，乡人家中的兔子却养得不错。家家砌兔室，搭兔窝。一家养个十只八只，加起来也很可观。吾家养了多年兔子，规模虽不大，却贴补了吾和妹妹小学中学大学的不少费用。

兔毛卖给桥北供销社。供销社转卖给县毛纺厂。毛纺厂加工的半成品又卖到上海去了。当然，这条产业链，乡人并不需要清楚。乡人只要养好兔子就行了。吾乡确有养兔子发了财的。

吾对兔子的了解，其实是从成语开始的，诸如动如脱兔、守株待兔、狡兔三窟、兔死狐悲、兔死狗烹等等。这些成语有的有故事、有情节，很生动，但与吾幼时养过的兔子对不上号。笼中的兔子特别温顺，特别乖巧，从早到晚不是吃草，就是睡觉，很少有动静。即使捉住剪毛，也很配合，不发一点脾气。剪了毛的兔子实在太丑，红兮兮，肉兮兮，天可怜见的。

吾乡的桑田里有野兔，那样的兔子才是成语中的兔子。也只有这样的兔子才有《木兰辞》中的感觉。“雄兔脚扑朔，雌兔眼迷离；双兔傍地走，安能辨我是雄雌？”

冬天有人带着猎狗在桑田里打兔子。兔子再快，没有猎枪的子弹快。枪响了，兔子中弹，猎狗就扑上去。打兔子的人是为了吃兔子肉。有人说兔子肉很好吃，但吾却不忍食之。

猫

狗是忠臣，猫是奸臣。这是乡人的说法。因为狗不嫌家贫，猫却嫌贫爱富。谁家有好吃的，就到谁家蹭饭。

然，据吾观察，猫还是有节操的。尽管偶尔外出蹭饭，但最终还是不忘主家根本的。

幼时，乡人养猫，主要在于捕鼠。猫确是捕鼠能手。鼠到哪里，猫就能到哪里。这种天敌关系，已经深植到双方的基因之中了。吾曾亲见老鼠在猫面前发抖的样子。有时猫捉到老鼠，并不一下子咬死，而是玩它，捉一下，放一下，再捉，再放，它似乎很享受老鼠临难前的恐怖和颤栗。如此看来，猫实在是有些阴损毒辣了。

猫对于主人却会卖乖。叫声很嗲，尾巴翘得老高，围着主人转，有时还要在主人的鞋上或裤脚上左蹭一下，右蹭一下，以示亲热，媚态可掬。

幼时家中养过一只花猫。吾每次钓到小杂鱼，祖母都用烧红的铁叉烤熟，再喂它。祖母说不能让猫吃活鱼，吃惯了，它会偷生鱼吃。

这是只母猫，逼鼠。有它在，家中就无老鼠。某年春天，花猫突然失踪了。不久，家中老鼠成灾，睡到半夜，常被老鼠打架的声音惊醒。一家人都在埋怨花猫的不辞而别，不知它到哪个好人家吃好的去了。

立夏的时候，花猫又突然回来了，令人喜出望外的是，它还带来了三只小花猫。原来它是躲到外面生儿育女去了。小猫一天天长大，它们在一起嬉闹，看似玩耍，实际上是在学习谋生的技能，家中的几把条帚都被它们抓坏了。

终于有一天，花猫叼来一只小老鼠，放在小猫面前，那小老鼠被小猫围住，逃生不得，颤栗不已。小猫起初也有些害怕，但很快扑上前去。

小猫长大了，陆续有人来要，就把它们抱走了。这时，花猫似乎也习惯了，并无多少痛苦。

吾乡养猫的人家很多，大多是以这样的方式扩散开来的。那时的猫，并不能算是宠物，它几乎是农家的一员，共同参与了乡人的生活。丰子恺的许多漫画中都有一只不起眼的小猫，就是这种乡居生活的写照。

时过境迁，猫的地位大不一样了，猫的品种越来越多，猫成了喵星人。养猫似乎成了一件很风雅的事。

某年，吾在北京看到一个女士家中养了十几只波斯猫，有的在沙发上，有的在桌上，有的在橱上，有的甚至在床上，全都幽灵一样地看着你。室中一股猫骚味，令人掩鼻。

吾以为，那不是风雅，而是病态。

水獭

貌似黄鼠狼，颜色是灰的，躲在河边，游在水里，不细看，发现不了。水獭水陆两栖，以水中为主，又叫水狗。吾乡却叫作旱狗，很奇怪。吾猜想可能是因为它喜在河边打洞。

水獭，性机警。白天常在洞中休息，晚上出来捕食。吾幼时常在河边钓鱼，但很少看到水獭。

吾初不识水獭。某次，见河面上有一怪物，露出头和尾巴，速度极快，用鱼竿击之，立即潜逃，无影无踪。吾以为这是传说中的水怪，专门勾人下水的，吓得丢掉鱼竿，跑回家去，大叫，水怪，水怪！

及至描述过后，家人笑道，哪有水怪？是水獭。见吾还不明白，又道，就是旱狗啊。

吾曾看过邻居老伯捉到的旱狗，小老鼠一样大小，很瘆人。两者似乎对不上号。家人说，那是大旱狗，小旱狗就是它生的。旱狗怕人，你不要怕它。

小旱狗有一妙用。以麻油泡之，日久化开，即成良药。谁家小孩烫伤，以旱狗油涂之，立竿见影。

器物部

肥皂

很长时间，乡人都称其为洋碱。因为它是从国外来的。洋碱国产化后，国人以肥皂名之，其实颇有古意。肥皂得名，亦颇为有趣。古代北方多用皂荚洗涤。南方无皂荚，幸而有一种黄金树的果实肥珠子可代皂荚。此肥珠子即被称为肥皂子或肥皂果，“肥皂”二字盖出于此也。

关于肥皂的起源有很多传说。总之，是一件偶然的事情，使人们发现了草木灰和油脂混在一起，能够去污。于是，开始了肥皂的漫长历史。考古学家发现，公元前二世纪，意大利庞贝古城就有原始的肥皂作坊。直到18世纪，法国化学家制取了火碱，才取代了草木灰。19世纪末，真正的制皂工业又取代了手工作坊。

中国人很早就知道利用草木灰中的天然碱洗涤衣服。人们用猪胰腺、猪油与天然碱混合，制成块状，俗称“胰子”，即早期的肥皂也。

宋代还有一种肥皂团。将天然皂荚捣碎细研，加上香料等物，制成桔子大小，专供洗面浴身之用，俗称“肥皂团”。《武林旧事》记载，南宋杭州已有专门经营“肥皂团”的生意人。

《本草纲目》中也记录了这种“肥皂团”的制造方法。十月采肥皂荚子，“煮熟捣烂，和白面及诸香作丸，澡身面，去垢而腻润，胜于皂荚也”。

然，近代以来，西风东渐，洋碱还是打垮了皂荚和肥皂团。吾幼年，肥皂是凭票供应的。有的人家人口少，买不了一整块，供销社的营业员就得把一块肥皂分开卖。刀切之，易沾粘。就用一根棉线绕其一圈，一头用牙齿咬着，另一头用手慢慢拉，就分开了，这可能就是最原始的“线切割”。类似的方法，在过年切年糕的时候，母亲也用过。

肥皂金贵，用时特别小心，邻家姑娘洗衣，一次肥皂用多了，被她妈妈打得直哭，骂她是个败家子。吾家洗衣时，一般只舍得在领、袖、襟三处擦一点肥皂，然后焐一会儿，再使劲搓洗。

有一阵，吾乡社办厂尝试生产肥皂。几个露天的池子，放了一些东西在里边，天天晒着，夏天经过池边，老远就能闻到一股怪味。后来居然做成了块状的肥皂，与供销社卖的差不多，但是买回来却不经用，三下两下就用完了。这个肥皂厂终于没有办下去。

那时还有种“棉油皂”，呈不均匀褐色，味道也不好，据说是棉油“脚子”（渣滓）做的，反正不耐用，似乎是一些工厂作为劳保用品发给工人的，论斤卖，块子很大，使用时可用刀切。

初中以后，开始有了紫红色的药皂和黄色的硫磺皂，再后来有了香皂，好像都是上海产的。当时谁家如果有一块香皂，其稀罕不亚于现在得到一瓶法国香水。

现在国产的肥皂几乎没有了，代之以起的是各种进口的或者合资的合成洗涤剂，给环境保护带来极大的压力。人们不禁又怀念起手工皂来了。

历史有时就是这样吊诡。许多事情就像肥皂一样，绕了一圈以后，还要回到原点。可是，哪里能够回得去呢？

蓑衣

《诗》云:“尔牧来思,何蓑何笠。”可见,蓑衣之古老。它已遮挡了三千多年的风雨,直到吾幼年仍是最重要的雨具。

蓑衣本由蓑草做成,故名。但各地就地取材,因材而异。南方雨多,蓑衣也更讲究。用棕,上衣下裙,遮风避雨,效果最好。

吾乡蓑衣以茅草编成。茅草,即长大了的柔荑,光滑,不易浸水,雨遇之则滑落。以之为蓑衣,物尽其用也。所谓蓑衣,实如披肩,因茅草长过半人,故亦可视若上衣。新蓑衣是绿的,自是美观。雨打风吹,很快转黄。好在茅草价廉,来年再制,依然物美。乡人披蓑衣,活动自如,行路劳作,均无碍也。

吾十岁左右,有乡人得风气之先,办起了塑料雨衣厂,吾乡蓑衣始逐渐淡出,渐至绝迹。

蓑衣虽已绝迹,蓑衣文化却弥足珍贵。张志和的“青箬笠,绿蓑衣,斜风细雨不须归”贵在冲淡;柳宗元的“孤舟蓑笠翁,独钓寒江雪”贵在空灵;苏东坡的“一蓑烟雨任平生”贵在旷达。吾皆贵之,而以东坡为最。

斗笠

和蓑衣一样古老，与蓑衣一起挡雨，穿蓑必戴笠。笠且遮阳，戴笠未必穿蓑。然，蓑笠已成一固定词组，难舍难分，且充满诗意。

笠大如斗，故称斗笠。

笠与帽，功能有别，帽重遮阳，笠重挡雨。形状有异，笠为圆锥体，帽则不然。材质相近，制笠者多可作帽。

因材质不同，分为草笠、苇笠、蒲笠、棕笠、箬笠等。箬笠即竹笠。

乾隆年间，斗笠成了贡品，受到皇帝的青睐。这是斗笠的鼎盛期。

吾乡斗笠以苇笠为主，用芦苇编成。也有箬笠，显然高档许多。蓑衣已经被塑料制品取代，斗笠却经久不衰，盖其廉价而美观也。

幼时某日大雨，邻居前来串门，请母亲帮忙裁衣，她头顶大铁锅，跨进门来。她说找不到斗笠，只好将铁锅当成了斗笠了。虽为笑谈，却可见斗笠之不可或缺。

蓑衣是中性的，男女皆宜。斗笠似是阴性的，乡间女子头戴斗笠，别有风情。幼时看电影芭蕾舞剧《红色娘子军》，其中的斗笠舞，至今印象深刻，每念及此，倍感艺术源于生活之不谬也。

现时斗笠不仅是日用品，还是艺术品。城里人家装潢房子，如在墙上挂一只斗笠，顿生古意。斗笠已然成为一种文化符号，诉说着某种历史的沧桑。

铁锅

幼时烧大灶，必用铁锅。铁锅有大小，大者一尺八，小者一尺六。通常一灶二锅，一大一小。大锅煮饭煮粥，小锅炒菜烧菜。

大锅饭香，锅巴尤其香。然锅巴不算饭，只能算零食。母亲烧饭，火候控得准，几乎不留锅巴。想想真是本事。

某年，公社召开荣军大会，其中一个班分到吾家借灶烧饭。中午，饭熟了，打好饭，一张大锅巴黄霜霜的，要送给主家。母亲辞谢。荣军班长说，这是部队的规矩，别客气。借你家的锅，当然锅巴是要给你们的。

那张锅巴至今想来仍有余香。

小锅炒菜，来得快且香。乡谚：大锅饭、小锅菜，是有道理的。但平常用得却少，炒菜费油，哪里舍得炒菜。

不常用的锅容易坏。某年，吾烧锅时发现灶膛里嗞嗞作响，原来小铁锅有一个砂眼，用铲子一铲，漏了一个小洞，没法用了。只好等补锅的上门来补。

补锅的，挑一副担子走村串户。一头是小炉子，一头是小风箱和工具包。到庄上选一个树荫坐下来，支起炉子，也不吆喝，但等乡人送锅来补。

他将破锅两边擦净，用炭炉化开铁水，用钳子夹出补在洞口，待其冷却，再用砂纸将里边磨光，即完好如初矣。

有的锅，年深岁久，没法补了，只好砸锅卖铁。卖了铁，再买新锅。新锅在供销社卖，不好拿，最简单的方法就是像戴斗笠一样顶在头上回家。

据说，先民们先用陶，后用青铜，再用铁。铁锅恐怕也有几千年历史了。对铁锅，吾常有思古之幽情。读《史记》项羽破釜沉舟一节，不禁感慨，那可能是史上最有名的铁锅了。看着自家的铁锅，想着那只釜，历史与现实，似乎在一瞬间就嫁接起来了。

汤罐

幼时大灶少不了汤罐。汤罐不是烧汤的，是烧水的。严格意义上也不是烧水的，而是烧锅时的余热将其带热的。因此，也许写作烫罐更合适些。但吾乡方言里确是读作汤的，还是姑且写作汤罐吧。

汤罐里的水温度只有五十度左右，冬天用来洗脸洗脚正好。夏天洗澡还要兑上凉水。汤罐其实就是农家的热水器。

汤罐底部呈圆锥形，主体呈圆柱形，深约尺余，直径八寸左右，所盛热水，差不多够一家四口洗漱之用。砌灶时被安在两个铁锅之间的空档里，靠近灶台内侧。

这在吾乡是家家都有的物件，并不稀奇。稀奇的是吾家一灶却有两只汤罐。一只装在两锅之间，另一只嵌在灶台与烟囱的结合部，相当于大灶的喉咙。其底部高于灶面。这个汤罐是特制的，有一铜制的水龙头，用时放出水来。其水温虽没有灶台里的水温高，但也是热的。

母亲装上这个汤罐，将大灶的热量做了最大限度的利用。其灵感可能源于吾初学烧灶时的浪费。吾从小心急，烧锅只求快，不懂省草。总是不停地添草，不停地拉风箱，总是让火烧得很旺，有时火苗窜到锅门口了。母亲不知唠叨过多少回，但吾屡教不改。于是母亲干脆加装了这只汤罐，让窜出的火苗发挥了作用。

某年冬，公社召开推广节约烧草的经验交流会，几十个会议代表还到吾家现场参观。母亲为此感到很是荣耀。

现在想想那个烧草都紧巴巴的年代，有时真是百思不解！怎么会穷得草都没得烧的呢？

釜冠

即锅盖。吾乡称为釜冠，吾一直不会写这个词，直到中学时学到“破釜沉舟”这个成语，突然灵光一闪，釜者，锅也；冠者，帽也，盖也。如此，釜冠，岂非锅盖乎？为此，吾很是得意了一番。但为何在土语中保留了如此文雅的词汇，至今仍不甚了了。

釜冠，家家皆有，不可或缺。吾乡釜冠多用杉木制成，供销社有现成的釜冠卖，规格不等，价格不同。釜冠一般要大于锅沿，一尺八的铁锅，釜冠的直径可能有二尺了。釜冠的厚度通常寸许。虽然杉木较轻，但釜冠盖在锅上，常年处于蒸汽之中，自是吸足了水分，因而较为沉重。吾幼时烧饭，揭不动釜冠，只能在锅上挪移之。

釜冠有时兼作砧板。切菜、碾盐，均可。有时，切蒜切姜切葱切辣椒，直接推入锅中，倒也方便。当然，用刀要轻，不可伤了釜冠。

一只釜冠要用好多年。不到万不得已，是不会换的。某年，吾家一只釜冠实在老旧得不能再用了，就请同队的木匠重做了一只。

做釜冠是项简单的木工活，但是也很考验技术。不能用铁钉，铁钉易锈，不卫生。那时又没有胶水。如何将一堆杉木板变成釜冠呢？

老木匠自有办法。他用一个茅竹头，削成了几十根两头尖的茅竹钉子。然后在杉木板的两侧锥眼，钉入茅竹钉子，使其两两相拼，就连成了釜冠。当然，此前，他已算好尺寸，将每块板子加工成合适的部件，并在其中间开槽，然后，再以釜冠把手为公槽楔入其中。如此，一只釜冠大功告成，费时一整天。

釜冠本是平常物，但有的地方却穷得几乎没有釜冠。某年，吾在苏北某县扶贫，其农家釜冠居然是用芦竹拼成的。这种釜冠无法密封，蒸汽四溢，聊胜于无耳。

也有把釜冠不当锅盖用的。镇江一大怪，煮面用锅盖。特制的小杉木锅盖飘在面锅中，颇为有趣。据说这样的锅盖面有杉木香，不知真假，反正吾未能品尝出来。

镇江话与吾乡方言同属江淮官话，但奇怪，他们没有釜冠的说法。如果有，则著名的锅盖面，又会称为釜冠面了。

柴草

谁能不吃饭？谁家能没有柴草？吃一顿两顿生的，或许尚可，然绝不可持久。柴草，一日不可无也。

然，吾幼时，吾乡常常柴草不继。每日放学回家有一项任务，拾草。何谓拾草，到河边路边捡拾一切可燃之物也。树叶草叶、树枝草枝，树根草根，皆可也。

吾乡地处平原，地上无林，地下无炭。所谓柴草，只有稻草、麦草、棉花秆、湖桑条、芦竹、芦柴等等。

稻草麦草，每家自留地的本来不多。队里大田的稻草，先要选出整齐的加工草绳草包草帘草毡。小麦秆要加工成蚕笼，还要盖房。剩下的稻草麦草还要留下足够的草料养牛。分到各家的所剩无几矣。

芦竹、芦柴各家更要加工成各种用具，舍不得烧。湖桑条子要留着做篱笆。只有棉花秆，好火力，但要留到过年打笼用。

还有葵花棒，即葵花秆，中看不中用，空空如也，没有火力。

如此，家家柴草紧张，户户度日维艰矣。

为了解决“燃草之急”，公社先是推广新灶，家家改灶，节能增效。其后，又推广生食喂猪。烧猪食确实是太费草了。将饲料发酵，再喂猪，省了不少草，养出的猪居然又肥又壮。其后，又推广沼气，但成本太高，难以普及。柴草还是紧紧巴巴。

一个连烧草都要算计着过的日子，是多么恓惶的日子。

某年冬，据说北边荒田有草根可打。母亲和几个伯母一起借船北上几十里，自带干粮，辛劳十多天，打了一船草根回来。所谓荒田，即今湿地也。所谓草根，即芦柴根也。荒田垦荒，草根成了最好的柴草，烧起来，火力很旺，格咋咋的，似乎有油。此后三年，方无柴草之忧。至今想起，仍感念不已。

大灶

灶，还有繁体，写作竈。灶、竈其实是有差别的。灶，指野外之灶，简易。竈，指家居之灶，讲究。这两个字造得也很有意思。火土为灶，炊之穴也，很直观。竈字深奥些，其上从穴从土，其下为不断添柴之义，合起来，即一种用以烧煮的土穴也。可惜的是现在都简化成灶，已经很少有人认识竈了。

野外之灶，可能是原始遗存或战争遗存。极简陋，极方便。或埋锅做饭，或三块砖石垒起来，即可支锅生火矣。居家之灶，则复杂得多，巧妙得多了。

也有例外。某年，吾在项羽故里发现，当地人家厨房，居然无灶台，只有地锅。在地上挖一坑，架锅其上，生火其下，或煎饼，或煮粥，满屋浓烟，不觉其苦。灶耶，竈耶，吾傻傻分不清。

吾乡家家有灶，砖泥砌成。通常一灶而二锅。都是铁锅，一大一小。大者一尺八，小者一尺余。煮饭做菜，因需而宜。一侧为锅台，供操作；一侧为灶台，连着柴草间。灶台底部装一汤罐，吸收灶间的余热，可得热水洗漱。

砌灶，在吾乡叫支灶或起灶。只有手巧的瓦匠才会做。

灶支得好不好，关键看锅烧得快不快。同样大的一锅水，有的灶只要几分钟就能烧开，有的花双倍时间，还听不见响。可能与灶膛的大小深浅、风道的粗细长短、烟囱的高低曲直以及是否拔风，都很有关系。

早年支灶，用不起水泥。好在吾乡多黏土，水调之，甚黏稠，拌以石灰，可代沙浆。灶面则用石灰粉刷。灶台朝着锅台的一侧，下部涂以石灰，上部用烟囱灰调石灰浆涂之，灰黑色。待其干燥，再用石灰在上面画两条鲢鱼，又写上“年年有余”几个字，以为美化，以为祝福，以为祈愿也。

早年画鱼的地方是要画上灶王爷，或者贴上灶王爷画像的。灶王爷在吾乡是很重要的神祇。每年腊月二十四，是送灶的日子，乡人要在灶王爷甚至灶王奶奶的嘴上抹一点糖，要他“上天言好事，回宫降平安”，祈求来年吉祥。吾幼时，破四旧，不肯贴也不肯画灶王爷的像了。但是大年二十四的晚上，母亲还是会对着灶台双手合十，口中念念有词。看来文化的力量，不是一时一地可以改变的。

现在的大灶已与过去大不一样了。锅台灶台大多饰以瓷砖，不可同日而语。有的人家用上了煤气，干脆不再支大灶了。

想一想，烧大灶实在是一件又脏又累的活。尤其在夏天，热上加热，烧一顿饭，不知要出几身汗。谁愿作此“火头军”耶？

旧时乡间炊烟袅袅，家家烧灶，草不够烧。现时多用煤气，草没人要，秸秆焚烧又成了问题。呜呼，乡愁变成了烦愁。世上事真难以两全也。

吾有一个杞人之忧。倘异日天然气枯竭了，人们还是要回到大灶时代，那么，此文能否当作支灶之说明呢？

水缸

供销社的码头又来了一条大水泥船，船上装满了水缸。大大小小好几种，重重叠叠好几层。工友们要将大缸运上岸，很费事，先是几个人搀到码头上，然后顺着坡子往上盘。盘缸，是将缸仄成 45 度，用缸底的边沿往上滚，如此，既省力，又保险。

这些缸都是从江南宜兴运来的。放到供销社院内慢慢卖。

买缸的先挑形状，看看是否周正，圆不圆，匀不匀；再用小木棍敲敲缸口，然后侧耳细听，听其声音亮不亮。如果声音发闷，可能就是破缸了。

吾家的水缸就是这样买回家的。缸不大，中号的，用缆子一托就抬回来了。放在灶台的旁边，正合适。高近三尺，直径二尺多，口大底小，内外都有釉，褐色的，发亮。

此缸能装三担水。每天傍晚，父亲总要将缸挑满。一缸水差不多够一家人一天的饮食洗湿。因为河水毕竟有沉淀物，过一段时间就要清缸擦洗缸底。

因为家中有这样的水缸，吾幼时读司马光砸缸救人的故事，毫无障碍。现在有人质疑这故事的真实性，说司马光才七岁，太小，没有力气砸破缸。吾以为太过迂阔。不管怎么说，至少司马光的想法值得称道。

大户人家家大业大，院子的天井中，有太平缸。太平缸是大型的水缸，有的直径可能近两米，其外饰以蟠龙造型，上了黄色的釉，很显眼。吾曾在扬州盐商的老宅中见过。太平缸常年盛满了水，名曰生财，实为防火，防患于未然，以保太平也。

今查《宋史·司马光传》，有“群儿戏于庭，一儿登瓮，足跌没水中，众皆弃去，光持石击瓮破之，水迸，儿得活”。——司马光砸的瓮，可能就是太平缸也。

如今，农村也用上了自来水，水缸不得不淡出历史了。想一想，自从人类创制了陶器瓷器以来，大大小小的缸、坛、罐、瓮、盆，伴随了人类几千年。它是文明的成果，也是文明的载体，更是文明的一部分。如果没有这些器皿，人类的历史将要改写。如此，水缸虽小，兹事体大，不可不察。

瓢

即葫芦做成的盛器。有时作勺子，有时当舀子。

葫芦本为“壶”、“卢”。原是两种盛酒盛饭的器皿，因其形似，合称“壶卢”。久而久之，俗成“葫芦”。《诗经》中有“七月食瓜，八月断壶”之句。此壶非壶，葫芦也。

葫芦遍布天下。墨西哥、秘鲁和泰国均有数千年的种植史。在埃及，葫芦则被作为陪葬品。浙江河姆渡文化遗址中发现了七千年的葫芦子。甲骨文中“卣”字就是葫芦的象形。

葫芦谐音“福禄”，因而被视为吉祥之物，广受欢迎。八仙过海中，铁拐李背的是大葫芦。而今许多旅游景点卖小葫芦，盈盈一握，小巧玲珑。

据说葫芦嫩时也是可以吃的。葫芦藤似瓜藤，嫩葫芦亦似瓜。但吾乡没有这样不懂事的人家。葫芦是葫芦瓜是瓜。葫芦是要长老了作瓢的，谁会舍得吃它？

葫芦在吾乡读作“乌子”。“乌子”应当写作“瓠子”。“瓠”在吾乡方言中音变为“乌”了。夏天，有人家种了瓠子，挂果了，邻居就会夸赞，你家乌子真好，到时送我两个瓢儿。

秋天，葫芦藤枯了，葫芦长老了长黄了长结实了。摘下葫芦，用线锯将其对半锯开，就是两只漂亮的瓢。线锯是一种特制的锯，专供雕花，特别适合锯瓢。葫芦毕竟不是木头，用木锯会锯豁。

锯开的葫芦，要用草木灰或干沙土塞满，晒几个太阳，使其瓤子收干，然后摘出。用草木灰和干沙土塞满，是为了防止变形。葫芦有形状大小之分，有的如水滴，切开后，大头作瓢，小头可以作把手。有的就是单个圆瓜，切开如半球形。大瓢能装四五斤米，小瓢也能舀二三斤水。

瓢的用途很多。旧时生活离不开瓢。米缸里用它“焯”米，粥锅上用它扬糁，水缸里用它舀水。

舀水的瓢，简称水瓢，自古有之。孔子说，“一箪食，一瓢饮，在陋巷，人不堪其忧，回也不改其乐，贤哉回也”，生动地再现了颜回以瓢饮水的样子，说明孔子时代即用水瓢了。佛经中又有“弱水三千，只取一瓢饮”的典故，可见古代印度亦有水瓢。

水瓢的好处在于随意，可以长期浮在水缸里，能用好多年。幼时夏天放学回家往往口干难熬，吾跑到水缸边拿起水瓢，舀起水就喝，真是痛快！

水瓢把手的内瓤还是一味中药，方言中称之为“瓢格爪儿”。此名可能源于吴语，其中“格”为“的”，“爪儿”，即爪子，引申为把手也。“瓢格爪儿”即“瓢的把手”。由于长年泡在水中，已经发黑，刮之，几成泥状。如果谁嘴角上火生疮，以之涂于患处，睡一觉，就好了。吾幼时曾屡试不爽。祖母说，河水是大凉的，水瓢泡在水中，得其凉气，也是大凉的。水克火，凉攻热，所以就治好口疮了。每次嘴角生疮，祖母总是边念咒语，边给吾涂药："涎水疮，涎水疮，瓢格爪儿做药方，早上搽晚上好，晚上搽早上好，一搽就好。"

噫，这种民间的偏方，不知现代医学能否解释乎？

将葫芦剖作瓢，庄子不以为然。他以为一物有一物的用途。与其切作瓢，不如以为腰舟，浮于江湖。《逍遥游》中有一段庄子惠子的对话。惠子说他有五石之瓠，却坚不能举，剖之为瓠（即瓢也），又平浅不能盛物，显见其大而无用。庄子以为不是其大而无用，而是惠子拙于用大，心上长草了，"犹有蓬之心也夫"！

蓬之心即茅塞之心，或曰心上长草了。读一读这段文字，不禁哑然，习惯用瓠子作瓢的乡人，在庄子看来是否都如惠子一样也是心上长草了，亦有"蓬之心也夫"？

火叉

其实可以叫火丫。它就像个丫字，只是那一竖拉长了，长约一米。火叉的历史有多长，无法定论，人类先学会了用火，而后有了铁，而后就应该有了火叉。吾以为。

火叉是用来烧锅的。农村烧大灶，各种柴草进锅膛，没有火叉，不可想象。吾乡再穷的人家，也是要有一根火叉的。不然，一天三顿，岂能到嘴！也许此前也有烧火棍，但那棍子用不了多久，可能就被点着了。

火叉都是在铁匠铺子里打的，一根扁铁，宽半寸，厚三分。一头作柄，捶成圆的，好握。一头分叉，长约三寸，稍尖。一根火叉几角钱，吾已记不清了。

火叉烧锅，亦有技巧。不同的草，使用的幅度和频率不同。倘是稻草，不经烧，烟多。要不断送草，还要稍稍挑起，才能旺火。倘是棉花秆，则省事多了，只要着了，几乎不要动火叉。

火叉柄是空心的，讲究的有圆环，使用时发出珰珰声。幼时早上睡梦中听到，就知道母亲煮早饭了，吾也该起床上学了。

幼时钓鱼，运气不好，钓到虾子，就将火叉烧红，将虾子放在上面，嗤的一声，青虾就变成了红虾，立即被小妹吃了。有时钓到鰲鱼鳑鲏，懒得吃，也在火叉上烤熟，喂了邻家的猫。

将裹着苞衣的新玉米插在火叉的尖头上，送到灶膛里烤熟，然后不顾烫手，剥开苞衣，乘热而食，其香糯，至今想起，尤能垂涎。

火叉还有一个妙用，是此前历史上从未有过的。上世纪七十年代，它可以修塑料凉鞋或拖鞋。旧时乡间泥路，雨天路滑，凉鞋拖鞋容易损坏，特别是鞋带、鞋帮容易断开。不要急，将火叉烧热，将鞋带鞋帮烫化，即可使之粘合。吾幼时曾屡试不爽也。

穿扣

读如穿口，其实就是拔草的倒钩。如何写这两个字，只能意会。倒钩，铁打的，长近尺，一头尖，一头圆。尖头下部逸出斜刺，是为倒钩。圆为榫眼，可以针一根短柄，柄长二尺。

穿扣大多插在草堆上。草堆多为稻草或麦草，大如屋。经年累月，风吹日晒，压得很紧。家中要烧锅，就要到草堆捧草。要捧草，先得拔草。拔草，就得用穿扣。拿起穿扣，像拼刺刀一样插入草堆，然后奋力拔出，其倒钩即可带出一把草来。一下两下三下，装满畚箕即可。一趟两趟三趟，装满灶间为止。幼时捧草拔草，力所能及，大多为吾所包也。穿扣日日要用，其尖磨得发亮，有的锋利，真如枪刺。

穿扣的用处，比较单一，似乎除了拔草外，不作他用。但是非常时期，也有例外。吾曾读到一则史料，云，抗战时期，吾乡农民曾用穿扣杀一日本鬼子，颇为传奇。

据说当年海安城里只住了一小队鬼子，总共就十几个人。平时相安无事，鬼子胆就大了。某日，一鬼子竟敢单身出城闲逛。不觉来到东乡。恰有一姑娘正在草堆拔草，鬼子见色起意，扑倒姑娘。姑娘大叫，誓死不从。

也是合该有事，这姑娘家有几个哥哥，个个身强力壮，听到叫声，围上前来。鬼子见势不妙，正要拿枪，就被大哥一穿扣戳中胸口，一命呜呼。

只叹这鬼子不读书，不懂事，不知道畏惧。吾乡是有抗倭传统的，明史即有记载。尤其东乡还有“倭子坟”。哪能容他作恶？可怜他至死也不认识，要了他小命的只是一支穿扣。

钩灰佬

可能应该写作“钩灰搂儿”。“钩”是方言，意近于扒。有的地方也叫“扒灰佬”。佬，已经人格化了。

一个大小如课本的木块，中间凿一榫眼，“针”一根三尺木柄，用以到灶膛扒灰，是为吾乡之“钩灰佬”也。农家烧灶，必用此物。谁家都有一只，没有听说有人借钩灰佬的。这算不得财产，因为太廉价了。

钩灰佬，还可一物多用，冬日到河边洗胡萝卜，水冷，不忍下手，将篮子浸入水中，用钩灰佬在竹篮子里淘洗，反复几次，萝卜就干净了。洗芋头，洗山芋，均可如法泡制。

人是会使用工具的动物。钩灰佬是最简单的工具，但它却拉开了人与动物的巨大差距，可谓善莫大焉。

但有时也不尽然。民间有一恶俗，谁家娶媳，婚礼上公公必遭恶搞，迫其身背一钩灰佬，喻其爬灰也。《红楼梦》中焦大大骂贾府龌龊，“爬灰的爬灰”，意指公媳乱伦也。如此，钩灰佬，成了“扒灰佬”，又将人降为动物矣。

风箱

是一种鼓风器。在中国已有三千多年历史。老子《道德经》曰“天地之间，其犹橐籥乎？虚而不屈，动而愈出”。橐是牛皮制成的风袋；籥本指吹奏管乐器，喻为输风管；橐籥，即鼓风器，即风箱也。老子视天地之间为一只风箱，这种奇妙的想法只有老子能够想出。

吾乡家家都有风箱。烧大灶，没有风箱，不可想象。幼时家中用的风箱是木制的。这种风箱究竟是何人发明，于史无考。产生的年代，也是一笔糊涂账。有的说是唐代，有的说是宋代。比较靠谱的是明代。吾曾在仇英的《清明上河图》和宋应星的《天工开物》中看到几幅带有风箱的图。那图上的风箱与吾乡所用的竟无二致。

吾幼时每天早晨都是在母亲拉风箱的声音中醒来的。无论冬夏，她总是最早起床给我煮早饭。冬天，外面还是黑的，吾赖在床上，听风箱呼啦呼啦地响着，直到这声音停下来了，知道粥煮好了，才肯从被窝里起来。

风箱，其实是一个长方形的木箱。两头各有一至两扇小窗。小窗上有活页盖住。左边或右边有一出气孔。中间有两根或圆或方的长轴，吾乡称为风箱梃子。梃子与其穿过风箱前部的小孔要基本吻合。孔大了，漏风；孔小了，发涩，拉不动。梃子一头装着把手，一头固定一块木板。木板的尺寸，要小于风箱的内径。四周开了凹槽，以便串上鸡毛。串上鸡毛的木板，实际上即是风箱的活塞。拉风箱，即使其做活塞运动。手执把手，拉动梃子，梃子带动里边木板，木板带动气流，一进一出，都有风从孔中溢出。拉风箱的声音，主要是两头小窗的活页发出的，很有节奏。

某年，家中的旧风箱坏了，拉不出风。打开一看，里边居然有一窝肉老鼠，红兮兮的，瘆人。原来鸡毛都被老鼠咬了，用来做窝了。木板也被啃坏了。看来实在不好修了，必须重新做风箱。

旧时做风箱的一定是木匠，但木匠未必都会做风箱。母亲将她的舅舅请来。舅爷是位好木匠。两天时间，我亲眼看到他把一堆木料和鸡毛，变成了一只崭新的风箱。

风箱在中国是一件再平常不过的物件，但在世界科技史上却有着重要地位。其一进一出，提供连续风流，使鼓风效率倍增。这是鼓风技术上的重大进步。欧洲直至公元 1716 年才发明了类似的双动往复式水泵。如此，风箱实为活塞式机械之滥觞也。

条帚

扫帚的一种。条帚、扫帚都用以扫地，但在吾乡方言中却有区别。条帚是短小的家用之物，多用稻草扎成，也有高粱或者芦穄的，还有竹梢或者芦花的。扫帚则特指用竹枝制成的，专门扫路或清场，大而长。条帚扫地，必须弯腰；扫帚扫地，则无须此劳。

条帚、扫帚，都是帚。关于帚，有两个典故，一个是敝帚自珍，一个是一屋不扫，何以扫天下。这两个典故都出于东汉。这说明帚的历史由来已久，帚的重要不可小视。

其实，甲骨文中就有帚字，用的是芦花的象形。直到现在，乡间还有芦花扎成的条帚。可见，上下三千多年，帚的变化不大。想一想，生活中不起眼的敝帚，无论实物和概念，都是从先民时代传下来的，是否也有一种怀古幽情？

说来也许不信，吾小学三年级以后的学费是母亲用条帚支付的。

条帚，又可写成笤帚。笤帚，应该是用竹枝做的。而条帚的原料，就没有那么局限了。母亲用稻草扎成条帚，她是无师自通。她扎的条帚，与街上卖的几乎一样，拿在手里，顺手；扫起地来，轻便。

吾三年级的时候，一个学期好像要交五块钱学费。因为是贫农，减免两块。剩下三块钱，虽不多，但对农家来说，也是一笔不小的开支。从哪儿能凑齐这三块钱呢？

一钱逼死英雄汉。正为难时，一个远房伯父从远处调来当了校长。真是天无绝人之路。母亲到学校找他商量，提出以条帚充当学费。校长看看母亲带去的样品，挑不出毛病，沉吟了一下，同意了。学校共五个班级，一个班级两把，加上办公室、食堂、老师宿舍等，一共需要二十把。母亲很爽快，说一学期给三十把。

母亲白天下地上工，连续两个星期起早贪黑，扎成三十把条帚，送到学校。

用条帚抵学费，吾当年一直羞与人言。而今想来，实在惭愧。以劳动换生活，何羞之有？

草绳

百度说,“草绳又叫稻草绳,是一种以稻草秸秆为原料,经过专用的草绳机加工而成的草制品”。再三读之,吾不禁感慨,时代真的变了。这个词条,依我看,应该这样写:草绳,一种由稻草经手工搓成的草制品。

吾幼时,是一把搓绳的好手。似乎是天生就会的,用两根稻草,双手搓之,即得草绳。古人结绳记事。搓绳,可能是最古老的劳动,也是最初的技能,似已成为基因,织进我们的身体了。

搓绳之前,先在稻草上洒一点水,然后以木榔头捶打几下,使其稍软,这样搓起来,不太吃力。但不可捶得太软,太软,稻草绕在手上,不利落,影响速度。不得不说,搓绳是一件很无聊的事情,闷在家里,枯燥无味,很辛苦,却没有多少技巧。天气好,吾与堂兄弟就在屋外搓绳,开展比赛。我们以门前的楝树为起点,站着搓,把稻草挟在裆下,一边搓一边前进,看谁搓得快。这样的比赛,吾一般没有输过。因为是比赛,搓绳似乎也就有了一些乐趣。一次,我们搓了半天,居然围着庄子走了两圈。不幸的是,双手起了血泡,好多天拿筷子都疼。

草绳是农家的宝贝，打草包要用它，做篱笆要用它，编帘子要用它，扼毡子还要用它。绳子多多益善。小学阶段，吾搓过多少绳子，吾也搞不清了。

现在想来，假如当年吾能够把搓绳子的时间用来读书或写毛笔字，多好。

草包

是稻草做成的包。主要用于抗洪防洪，年年汛期要用。易耗品，需求量大。本乡要用，有的还要支援外地。

打草包是吾幼时乡间的副业。几乎家家都有一个打草包的木架，宽约一米，高不足两米。上下两根横梁，相距一米五左右。下梁是活的，两头穿在立柱的孔里。孔里有三角形的“木煞”，上下方便，以调整下梁与上梁的距离，从而控制草绳的松紧。主要部件是中间的“扣”。“扣”是一根长方体的木头，上面规则地钻了两排孔，好像共有 21 只，错落有致。其功能是将草绳穿于其中，一上一下，分出间隙，使其交叉，以便穿草压草也。旁边中间有一个短柄，便于手握操作。另有一根竹片，长约一米，一头削了一个钩子。这梭子，方言叫“听子”，可以送草，可以钩草。因为长期使用，“扣”和“听子”都磨得发亮。

打草包的原理与织布是一样的，草绳是经，稻草是纬。经纬相织，即成草帘。对折之，以草绳缝其两边，而留一口，即成草包也。一只草包需草绳约 60 米，稻草一捆。

吾幼时与母亲一起打草包，她掌“扣”，我执梭，用“听子”

穿草。穿草也是有技巧的，取草根部折寸许裹于“听子”头上，紧贴“扣”的下边，瞄准草绳间隙，迅速送出。要稳准，有分寸，“听子”出头寸许，送出的草刚刚到位，母亲又喂了一根草在钩子上，正好抽回，然后以“扣”压之。如此重复，一来一去，配合默契，节奏匀称，富有美感。

一个晚上点灯熬夜，可打半只包。吾有一同学下午回家即打包，速度比我快多了，打到晚上，完成一只才睡觉。一只草包卖到供销社，分上中下三等，每等相差二分钱，最贵的三角一分。即使这样廉价，从秋到冬到春，只要有稻草，家家都会打草包，这是当时唯一的生财之道。然，今日看来，其时人工之廉价，真匪夷所思。

《沙家浜》中“智斗”一场，阿庆嫂唱着骂胡传魁，“这草包倒是一堵挡风的墙”，骂人骂出了韵味。从此，草包在吾乡，就不啻是草包矣。

草鞋

相传黄帝的臣子不则发明了草鞋，其实并没有多少依据，但考古发现西周遗址中居然有草鞋实物，汉代的陶俑脚上穿的也是草鞋。另，众所周知，三国时刘皇叔曾经卖草鞋为生。这些都可说明草鞋古已有之，国人至少穿了三千多年。

吾幼时，乡人仍多穿草鞋。一年四季都穿。夏天本可赤脚，但下田干活，还是穿一双草鞋安全些。虽然有乡谚云，“倚了草鞋戳了脚”，但那毕竟是碰巧。

新草鞋比较硬，容易磨脚。特别是脚后跟，不小心会磨破皮。草鞋最好穿八成新的，软和，舒服。

祖母手巧，会打草鞋。在一张高凳上钉一根钉子，将做鞋的麻绳扣在上面，祖母坐在小凳上，将麻绳系在腰眼，然后从鞋尖开始编织。原料主要是稻草。有时也用晒干的玉米包衣。祖母编的草鞋比较讲究，凡是容易磨脚的地方，都用布条代替了稻草。一双鞋，用不了半天，就打好了。她养了五个儿子，一生不知打过多少双草鞋。

吾幼时还穿过祖母打的草鞋，但不是光脚穿的。因为下雨，怕滑，穿了布鞋再蹬了双草鞋，走在路上，稳多了，也高多了。

草鞋有个有趣的名字叫“不借”，不是小气不肯借人，而是因为太廉价，家家会做，不用借。史载，汉文帝“履不借以视朝”。不明白的人，以为写错了，其实就是穿草鞋上朝。由此，不仅可见文帝刘恒先生的朴实可爱，更可见草鞋也是能登大雅之堂的。

苏轼词曰，“竹杖芒鞋轻胜马”。芒鞋，即草鞋。草鞋之雅，此又一证也。

某年，吾游荷兰，看到景点生产销售其传统特产木鞋，心有所动。其实，草鞋也是我们的国粹，为何不开发一下它的“非遗”价值呢？

草帽

看日本电影《人证》，听《草帽歌》，触动很大，原来外国人也戴草帽，并且，草帽居然可以作歌歌之。后来看世界杯转播，知道墨西哥人喜欢戴一种大草帽，草帽有其第二国徽之称。梵高的油画中有多幅肖像都戴着草帽，这说明荷兰是普及草帽的。看来，草帽遍及亚欧美，真正是泽被世界了。

草帽究竟起于何时，或者由何人发明，已无可考。有的说其有数百年历史。依我看，即使说有数千年历史也不奇怪。因为其就地取材，制作简便。又因为其物美价廉，更易普及。

吾乡草帽，又叫凉帽。只有两种，一种是席草的，一种是麦草的。男式的，小巧，多用席草。女式的，多用麦草。麦草先织成草辫，再盘成草帽。帽沿较大，遮光挡雨，效果都要好些。因为大，容易招风，所以加了一根带子，可背，可系。女式草帽的帽沿还用红漆或绿漆，写了标语，诸如“劳动光荣”，“反修防修”，“以粮为纲全面发展”等，可见政治无处不在。

所谓女式草帽，并无硬性规定，有时男人也可戴。但男式草帽，好像很少有女人戴。吾幼时曾对男式草帽有些疑惑，帽沿那么小，究竟有什么用？遮不住光，挡不住雨，戴它作甚？

田间地头，农人休息的时候，这疑惑就解开了。原来，草帽可以当扇子，也可以脱下汗衫，放在里边，搁在地上，不至于让衣服沾上泥土。确实，草帽还是有用的。

现在夏天，城里的姑娘也喜欢戴草帽。草帽已经时装化了，或者说已成为时装的一部分了。花式繁多，别有风情。草帽已由实用进入审美的层次了。

进入审美层次的草帽，经常出现在艺术作品中。电影《洪湖赤卫队》中，韩英唱道“砍头只当风吹帽”。幼时每次听到此歌，总是想起大风吹落草帽的情景，内心就有一种激越和悲凉。后来，吾知道这就是所谓“慷慨赴死易，从容就义难”的境界耳。电视剧《雪城》插曲则反复提醒人们，“天晴别忘戴草帽”。

糨子

本意指糨糊。源出浆子，意为用米汤面汤等浆洗衣物，使之硬挺。吾乡方言中进而引伸为用糨糊贴成的布料，专供制作鞋底用。

春分过后，日天见长，正是做糨子的时候。母亲先用面粉打成糨糊，然后卸下门板，贴糨子。她先刷一层糨糊，然后将平日积起的各种碎布，拼贴上去。贴了一层，再贴一层。层层之间，必须大小交错。一般以三四层为宜，不可太厚。太厚，剪鞋底时、纳鞋底时，就太费劲了。

一张糨子，通常有半扇门板大，要晒二三个太阳。晒糨子，总是在菜花黄的时候。吾印象中，总有蜜蜂会停在糨子上，不知是何道理。

梅雨时节，地里的活干不了，母亲就在家中纳鞋底。鞋底有厚有薄，厚的要八九层糨子，薄的也要有四五层。厚的有时要用锥子，薄的只用大号针即可。此时总有邻妇前来讨鞋样。母亲总是不厌其烦地询问大小，然后用纸片剪出鞋底的样子。有邻妇比较实在，得了一只左脚的，还要一只右脚的。母亲就会笑起来，告诉她，将糨子对折，一剪为二，一双鞋就有了，且不会走样。

那时供销社和商店里都少有鞋卖。有，也买不起。一家大小的鞋子，都要靠母亲一针一线地做。生产队农活多，天天上工，母亲只能见缝插针。好在那时会多。开会无非是读报纸，学文件。许多妇女就带了针线，边听，边纳鞋底。队长也只好睁只眼闭只眼，但有时上面来人了，就不能打马虎，只好将针线藏起来。

母亲纳的鞋底，很见功夫。粗看，密密麻麻；细看，纵横有序，非常整齐。这种功夫是她从小练成的。她做的鞋子也很漂亮，无论是松紧口的单鞋，还是灯芯绒的棉鞋，都很"体俏"，看着舒服。在她那一代人，不会做鞋子的姑娘是嫁不出去的。她总是担心，年轻一代不学做鞋，将来哪有鞋穿。母亲纳鞋底时总是习惯性地隔几下就在头发上擦一下针尖，这样下针就不会发涩了。这个习惯是老一辈妇女纳鞋底时的标准动作。

吾平时穿的鞋，都是毛边的鞋底。但过年穿的鞋，一定是滚边的。滚边的，高档。某年，大年三十，棉鞋还没做好。晚饭过后，母亲坐在油灯下，上鞋帮子。吾睡眼朦胧中，看到母亲不小心将纱绳拉到了手上裂开的口子里，疼得连忙用嘴咬住了伤口。

第二天，大年初一，吾穿上了新崭崭的棉鞋到人家拜年。吾在心里发誓，长大了，一定要孝敬母亲。

筷子

甲骨文就有箸字。箸即筷。可见，中国人使用筷子至少已有三千多年。

第一个使用筷子的一定是个天才，它将人和动物的距离一下子拉开了。据说猩猩会使用单根树枝作工具，但绝不会两根树枝并用。

人人必用筷子。皇亲国戚也好，贩夫走卒也好，没有筷子都不能吃饭。这项发明真正惠及了全体人民，实在让人感佩。

筷子的种类因材而异。竹子的，木头的，银质的，甚至象牙的，不胜枚举。银筷子传说能试毒。象牙的，似乎没有特别的功能，可能只是身份的象征。木头的，又因不同的木质，分成许多种。但吾以为，最好用的还是竹筷子。君不见，箸字、筷字都是竹字头，说明竹筷子最正宗。不过有时也要因地制宜，倘一时没有筷子，折两根芦柴，也能吃一顿饭。

筷子功能灵活，可搛、可夹、可戳、可挑、可搅、可拌，几乎满足了饮食的所有需要。有神功者甚至可以夹住飞行的苍蝇。

有人研究拿好筷子要调动手指多少个关节，没有协调性不行。反之，拿好了筷子也可证明其协调能力较强，才堪大用。还有人指出，筷子运用的其实是杠杆原理，足见先民何其聪明！

筷子里边有哲学。一根筷子吃不了饭。一把筷子折不断。这些关于筷子的谚语，都蕴含了国人的生存智慧。

三千年来，筷子已经成为中国人的生活方式。三千年后，一定还会使用筷子。筷子的简洁方便廉价，已让它永远失去了竞争者。只要有中国人，就会有筷子。

然，有时常识也有意外。某年，吾友在日本海滨采访。中午，他到一家饭馆用餐。一个日本老妪看他熟练使用筷子，很是惊讶，问道，你们中国人也会用筷子？

水烟袋

祖父的水烟袋是黄铜做的，很精制。其形状很难描述。没有见过的人，更难想象。

它主要由烟管、吸管、水斗、烟仓、通针、手托等构成。烟管一头为烟碗，其下连一细管，伸入水斗的水中，吸管长30厘米左右，弯如鹤颈。烟仓为桶形，有盖，以防烟丝风干。水烟袋一头进气，一头吸气，中间贮水、装烟，吸食时，烟气穿过贮水的地方，可以滤掉杂质杂气。

祖父吸烟的时候很享受。慢条斯理地捻出一撮烟丝压进烟碗，拿起带着火烬的纸芒，轻轻一吹，就有了明火，然后点烟吸之，发出“咕噜噜”的声响，还有节奏，好听。

老友来访，祖父必会拿出水烟袋招待，装好烟，在烟嘴处抹一抹，递过去，老友道一声谢，接过去，吸起来，一切都很自然。

祖父吸烟很节制，早晚各一次，但还是咳嗽。祖母多次将水烟袋藏起来。祖父也不着急，总是悄悄向我打听藏在哪里？有时吾是知道的，就很为难。一次，祖母将水烟袋藏在床顶的覆棚上，被我撞见了，祖父找了几天都没找到，真的急了，吾心不忍，只好用手指指床顶。祖父会意，摸到了水烟袋，好不开心。

吸烟费火柴。火柴太贵，就要用纸芒子。纸芒子，是用毛边纸卷成的。卷芒子的功夫大有讲究，太松，就烧了，难以保持火烬；太紧，又吹不着明火。吾幼时常帮祖父卷纸芒子，松紧的分寸拿捏得很准，常被祖父夸奖。

纸芒子卷得好，还要吹得好。祖父很老道，撮起嘴唇，以舌抵腭，对准芒子的火烬，送出一股短促之气，芒子就会燃出明火。这原理是火烬瞬间遇到足够的氧气所致。

吹烟灰也是有技巧的，用力过轻，吹不出；用力过猛，会吹出水斗的水。祖父总是将烟管稍稍提起，再从吸管中轻轻一吹，烟灰就带出烟碗了。

水斗的水，不常换，浸满了烟油，发黄。吾曾经偷吸了一口，呛死了，又辣又麻，一股怪味。吾至今不肯抽烟，就是被它呛怕了。

现在，水烟袋已进入博物馆了，其生活方式也随着老一辈的故去，凋零不再矣。然而有时想起，还是会有几缕温馨。

蚊帐

吾乡又叫夏帐或帐子。夏帐，显得很古雅，但是有点多余。帐子当然用在夏天，难道还有冬帐？还是帐子更直白。

帐子是用来挡蚊子的。蚊子肆虐，其害无穷，古人对此认识深刻。庄子说：“蚊虻噆肤，则通昔（夕）不寐矣。”晋人傅选作《蚊赋》控诉蚊子危害，“餐肤体以疗饥，妨农功于南亩，废女工于杼机”。

好在中国人早就开始用蚊帐了。不过古时不叫蚊帐，而叫裯或帱。《诗经》有“肃肃宵征，抱衾与裯”之句，其中“裯”字，有人说是单被，也有人说是床帐。又有记载，说齐桓公的“翠纱之帱”使饥蚊营营不得入内。帱即裯也，亦即帐也。秦汉之际乃有“帱帐”一词也。

蚊帐多用锦、罗、纱、绮、缣等丝织品制成。史上用料等级森严。晋代规定只有宫庭中才可用锦帐。布衣百姓，只能用葛、布等做帐子。

吾家的帐子是棉纱布的，用两根刚竹穿起来，四角挂在床架上，床口开门。帐子的三面垫在席子底下，上床之后，将帐帘合起，压在席下。如此，形成一个六面闭合的空间，让人安睡。

傍晚要放帐子。放帐子之前要用芭蕉扇打蚊子，再合起帐帘。如果天黑再放帐帘，蚊子阵起，嗡嗡作响，多得似乎可以捧起来，哪里赶得尽？晚上睡觉就麻烦了。到时，父亲只好拿着罩灯，沿着帐子四边检查。母亲手快，负责打蚊子，一边直埋怨放晚了帐子。

半夜下床要有技巧，先抖动帐子将帐外的蚊子赶跑，然后快速进出。

有时天太热，只能睡在外边过夜。父亲卸下门板，搁在长凳上，母亲铺上凉席，支起蚊帐。满天星斗下，人在帐里，天南地北地神吹，要到下半夜才能收汗。幼时，吾总会捉几只萤火虫放在帐子里，看其明灭，然后入睡。

入冬，洗帐子很费事。要用长桶泡之，以脚踩之，反复换水，方能洗尽整整一个夏秋的积污。然后晾干，收起，以备来年再用。

吾乡虽穷，但家家都有蚊帐，尚未听说谁家没有蚊帐。这也是历史的进步使然。历史上则未必。二十四孝中有“恣蚊饱血”之说，“晋，吴猛，年八岁，事亲至孝。家贫，榻无帷帐，每夏夜，蚊多攒肤。恣渠膏血之饱，虽多，不驱之，恐去己而噬其亲也。爱亲之心至矣”。

呜呼，贫无帐，恣蚊饱血，爱亲之心虽至，人道之灾却惨矣。

儿窠

当年，有一部电影叫《马背上的摇篮》，乡人不明究里。有人说，是“马背上的儿窠”，一下子就明白了。什么摇篮？原来是儿窠呀。

摇篮，有诗意。儿窠，有古意。窠者，巢也，窝也。儿之巢之窝，非摇篮者何？吾乡方言之高古，此又一证也。

吾幼时的儿窠是外公送的。木质，椭圆形，长约四尺，宽不足三尺，高约二尺。类似一木桶，只是一头略高，边沿呈好看的弧线，显出巧劲。下有两根弧形支架，便于摇动。新时绛红色，两道铜箍发亮。吾记事时，儿窠的漆已暗，且有驳落。铜箍也有铜锈了。

冬天，在窠内垫上晒干的稻草，稻草上再铺小褥子。软乎乎，暖和和。母亲说我躺在窠内，很乖巧，她过几天就换我的睡姿，因此，我的头型长得很周正，她很骄傲。又说，她总是注意搬动儿窠的朝向，不让老是一个方向对着亮处，所以我的眼睛也很正，不像有的小孩睡在窠里老朝一处看，结果成了“一顺斜”。感谢母亲！

其实，吾对儿窠的印象是在妹妹出生以后。她比我小四岁，当然也睡在我睡过的儿窠里。白天由我照看，大的带小的，天经地义。摇儿窠其实是一件很无聊的事，好在不哭不摇，可以偷懒。更好的是一摇不哭，也很乖巧。有时逗她，使劲摇起来，她居然会笑。幅度越大，速度越快，似乎越开心。一次幅度过了极限，摇翻了，吓出我一身冷汗，赶紧扶好儿窠，把她抱进去。从此，只敢轻摇慢晃了。还有一次，大人们都下田干活了，家中就我一人照看着她。突然，不知从哪里来了一只大黄狗，闯进门来，看看我，又看看儿窠，似不怀好意。吾赶快拿起扫帚将它赶跑。

这样的儿窠，现在看来太简单、太朴素、太原始了。如今的摇篮，五花八门，有的价格昂贵，让人咋舌。时代在进步，儿窠的基本功能其实没有变，还是摇。但有一个问题没有弄明白，人是喜欢安宁的，可在幼时为什么要摇呢？

古今中外，有那么多的“摇篮曲”，足以说明，摇篮是人类共同的摇篮，这问题也应当是人类共同的问题。

油布伞

据说，伞也是鲁班发明的？

不管你信不信，反正好事都往一个人身上凑。这样算来，伞也有3500年了。发明伞的人确实了不起，这种想象力，创造力，真的非同凡响。

家中有一把油布伞，木柄，竹骨，黄色的，撑起来发亮。可能值好几块钱。这是家中最值钱的东西。吾至今还记得父亲从城里买回来时的情景，还记得那油布上桐油的味道。

家人一般都用蓑衣斗笠。伞是为我上学专买的。伞有三四斤重，撑不动，每次都要放在地上，加上身体的重量，才能撑好它。每到雨天，母亲让我打伞，总是再三叮咛，要记得带回家来。确实，伞是最容易遗忘的。天晴了，一放学就往家奔，谁还记得打伞呢。吾有好几个同学，都曾因为忘了伞，回到学校再找，又找不到，急得大哭。等到第二天上学，家长也找到学校来了。好在伞被老师收起来了，有惊无险。这是幸运的。也有倒霉的，问谁都没有看到，都没有拿，当场就被家长打了，那伞从此不知去向，再也找不到了。

吾幼时没有丢过伞，但弄坏过一次。似乎是台风季节，早上下雨打了伞。中午放学，雨停了。走到迎九桥边，风很大，有的同学打开伞，顺着风，几乎要飘起来了。吾觉得好玩，也打开伞，冲上了桥。在桥面上走，风推着伞，人好像有了轻功，似乎不要迈步也能向前走了。正得意时下坡了，谁知风向突然一变，伞一下子翻了过来。

哇，这怎么办？吓死宝宝了。

吾在桥口犹疑着，不敢回家。早有嘴快的同学经过我家通报了。母亲左等右等，不见我回家吃饭，找到桥口来了。她拿起翻反了的伞，拉着我的手往家走，居然什么也没说。

油布伞还是修好了。修伞的挑着担子走村串户，边走边吆喝。母亲让他憩在门口，拿出伞。他一看，笑起来，被风吹反了？三下两下，似乎变戏法似的就弄好了。母亲问他要多少钱？他说，不要钱，伞没坏。母亲还是给了他两个鸡蛋。

大学时读戴望舒的《雨巷》，许多人都神往“雨巷和那丁香一样的姑娘”。吾却对其中的油纸伞特别感兴趣，总是情不自禁地想起幼年的油布伞来。

罩灯

即有灯罩的灯。这听起来拗口,但是准确。

吾十岁以前,不知电为何物,晚上只能用油灯照明。油灯分两种,一种是小油灯,一种是罩灯。都用煤油,都是玻璃的,造型如火把。

罩灯要大些,灯罩也是玻璃的,可能是某种光学效应,罩上灯罩,同样的灯芯灯焰,立即亮多了。还有一个优点,防风。夏夜,在露天喝粥,可以用罩灯,当然,风不能太大。

灯罩几天不洗,就会蒙上一层油烟。水洗不行,要到河边或渠边取滥泥涂之,方可洗净。小时手小,可以伸进罩内,故洗灯罩是吾专利。

灯捻子是一根特制的布条,似帆布,又不是帆布。装在灯具里,可以齿轮捻上捻下,灯芯或大或小,灯光或明或暗,耗油或多或少。点灯的时间长了,捻子就会结出灯花,要用剪刀剪了,才能保持亮度,如同蜡烛一样。如果吾是李商隐,“何当共剪西窗烛”,就会写成何当共剪西窗灯了。

除了夏天,罩灯是来客时才舍得用的,因为耗油多。吾幼时晚上不做作业,不读书,只有睡觉。

也有例外。冬天，母亲要为我们纳鞋底，才肯点上罩灯，但是把灯芯捻得很小，光太暗，有时不小心戳了手指，有时又将鞋线陷到手上皴裂的口子里，每每带出血来。吾在一旁看连环画，每每为之揪心，把灯芯捻大，但母亲总是不肯，又将灯芯捻小了。

吾曾将这样的细节写到作文里，发愿将来一定要孝敬母亲，结果被老师作了范文。

以油灯照明的方式，可能沿用了几千年，只是灯具和燃油有些改变。吾曾在一个博物馆里看到汉代的灯具，青铜的，居然有吸除油烟的功能，敬佩古人智慧的同时，又为进步的缓慢而叹息。

长桶

就是浴盆。奇怪，吾乡叫作长桶。可能是因为椭圆形，区别于圆桶，有点长，故称长桶。其长约 5 尺，宽约 2 尺，高约 15 公分。下部一头有脚，像鞋跟，使长桶摆在地上一头高一头低。人在洗澡的时候，坐在高处，水积在低处，自然好洗些。

长桶可能是杉木做的，不重。桐油油过，耐腐，免漏。做长桶比圆桶要难，难在椭圆的弧度，其底板和站板的拼合很难计算，没有专业的箍桶匠，做不好。

吾家的长桶是在街上杂货店里买的。起初有桐油味，后来颜色变深，味道也没了。长桶是一家人不可缺少的生活用品，几乎一年四季都要用。冬天本来是要到澡堂子里洗澡的，有了塑料浴帐以后，就在家里用长桶洗。将浴帐围好长桶，以砖头压好其底部。端一大盆热水进去，帐子就被热汽涨满，局部的温度升高，足以洗个痛快澡。

一物多用。长桶不仅用以洗澡，还可用来洗床单、洗被面、洗蚊帐等大型织物。有时还可当儿窠。夏天早晨，将长桶放在楝树底下，是可以让一个童子美美地睡上一觉的。

学会游泳之前，吾扛着长桶下河，以为救生圈。扶着长桶踩水，可以在河上自由来回。学会游泳以后，吾还是扛着长桶下河，可以盛放踩到的河蚌。

长桶不怕用，就怕不用。不用的长桶容易风干缩水，结果就会漏。一旦漏水就麻烦了，自己不会修，非要等箍桶匠上门。

旧时的箍桶匠是一门独立的职业，似乎比木匠还要精细些。农闲时，他们挑着担子走东村访西庄，谁家有漏的木桶，就会停下来，一显身手。当然，不仅修长桶，还有洗衣的面桶，还有水桶，甚至还有粪桶。箍桶匠不怕漏，就怕不漏，总是先放一点水，找到漏点，然后视情况处理。有的用点油灰塞上即可，有的则要拆开重箍，那样动静就大了。

中国人用木桶已有几千年历史，可能比陶器，比青铜器还要早。即使有了陶器，青铜器，也不是升斗小民能用的。因此，用长桶洗澡可能是几千年来民间最普遍的方法之一。即使当下，卫浴设施如此发达以后，木制的大浴桶或浴缸，仍为许多人所青睐。当然，它与吾乡的长桶已不可等量齐观矣。

芭蕉扇

其实是蒲葵叶子做的。吾幼时祖母总是叫作蒲扇，一直不明白，现在看来是有道理的。据说蒲葵和芭蕉长得太像了，外人容易混淆。它们都长在南方，乡人哪里见过，于是以讹传讹，年轻一辈的，反而多叫芭蕉扇。也难怪，就连《西游记》中，铁扇公主拿的也说是芭蕉扇，说明芭蕉扇这个名字是通行的。

广东新会是梁启超的老家，也是产芭蕉扇最多的地方。吾乡的芭蕉扇可能就是从那儿辗转而来的。暮春时节，供销社门口的水牌上就会写上“芭蕉扇到货了”的告示，柜台内也堆满了扇子，任人选购，好像几角钱一把。新扇子淡黄色，有的还带着一丝绿意，拿到手，似乎还有一种清香。

一个农家再穷，也要有几把芭蕉扇。一把扇子要用好几年。为了经久耐用，祖母会用蓝布条滚边，将芭蕉扇周围一圈包起来。吾幼时总觉得滚过边的扇子，扇起来有点涩，没有光扇子爽。但祖母说，扇子靠人用，你牢它就牢。如果用扇子打蚊子，力用大了，她就会心疼扇子。

幼时暑假，外婆总要到家中来过几天。天太热，一到夜晚，草屋里像烘炉，根本不能住人。只能在门外，搁张凉匾睡觉。外婆坐在旁边拿着芭蕉扇为我扇凉，扇着扇着，我就睡着了。有时一觉醒来，看到外婆还在扇着。外婆怎么就不要睡觉呢。

四夏大忙，父母忙到天黑才能回家喝粥。蚊子太多，吾就拿着扇子为他们扇风赶蚊子。这样，他们喝粥就可以安心多了。

杜牧有诗云“轻罗小扇扑流萤”。其实，芭蕉扇更能拍流萤。对于小小萤火虫来说，芭蕉扇的风简直就是台风，哪里扛得住，早就掉在地上，被我们捉在手心，一亮一亮的。

在没有电的时代，芭蕉扇是上天的恩赐，它伴随人们度过了几千年的炎夏，直到吾幼年，它还在重复着同样的故事。

短文发表后，老领导韩泽老发来又一短文，弥补吾之不足：

芭蕉扇是有其芭蕉扇文化的，即扇上烫字画。其法：先将扇面的某一部分，一般选上部左右侧较宽平处，用干布擦拭干净，主要是去油迹。然后用浓墨写上字或画上画。再用浸湿的纸在周边围上，中间留下的空隙则系字画画面的造型。这时即将扇面放到煤油灯上薰。煤烟会将湿纸空隙薰得乌黑。然后撕去湿纸（这时已烘干），用湿布在薰黑处擦去煤烟和墨迹，便见黑漆般黑而光亮的底面上，留着的白色字画，如碑刻拓片一般。

在我儿童时代，这种芭蕉扇艺术十分流行，左邻右舍家家户户的芭蕉扇上无有不烫字的。最简单是烫个名字，也有烫家族堂号的，目的在防止拿错，方便找回。雅致些的烫上一首诗。最流行的是“扇子有凉风，宜夏不宜冬；白日常在手，夜晚打蚊虫”。更雅些的是写杜牧“银烛秋光冷画屏”之类了。

旧时因善书者不少而善画者不多，故芭蕉扇艺术书多而画少。字写得好的人夏季会有些忙，邻居们会拿许多扇子来求字，如同春节前求写春联一般。有的不会烫，写过了还得帮他烫出来，比写多花几倍功夫。不过写字人往往很乐意做这件事，人家是因仰慕才来求的。

项圈

不是项链，是套在颈项上的圈。有金的，有银的，有铜的，甚至还有玉的。考古发现，古埃及和中国汉代，都有戴项圈的风俗。有的用作女性的饰物，更多的是男孩的吉祥物。可见项圈由来已久且流及中外。

文学作品中对项圈多有提及。《红楼梦》第三回宝玉“仍旧带著项圈、宝玉、寄名锁、护身符等物”，让黛玉一见如故。那项圈很是显眼。《儒林外史》第五回中严致和让“奶妈抱着妾出的小儿子，年方三岁，带着银项圈，穿着红衣服，来叫舅舅”。想象一下，亦觉可爱。茅盾小说《林家铺子》中林老板要用项圈打点国民党县党部，又有点不舍，说：“咳！那一个金项圈，总可以兑成三百块。”于此可见，项圈之风相当普遍。

旧时吾乡，男孩多戴此物。一看就是个惯宝宝。一般在其拈朞（一周岁）时由外公家赠送。即使银制的，也价格不菲。

民间有“养一个姑娘还 60 年的债”的说法，这债就包含了项圈。姑娘养大了嫁人了，生孩子了，孩子满月了，周岁了，十岁了，二十了，成家了……姑娘自己的重要生日，前后 60 年，娘家都是要出“人情”的。在短缺时代，“人情”是个很大的负担，被称为“人情债”。但事物总有另外一面，如果人生一概没有这些“人情债”，又会显得多么无趣！项圈即“人情”之一。

男孩戴项圈，意在保佑其健康成长。项圈上面往往刻有“长命富贵”、“福寿安康”等文字，有的还配有“长命锁”和“如意”。乡人相信项圈有一种神秘力量，能够护佑男孩平安吉祥。吾幼时，一般孩子戴到上学，也就摘下了。也有的家长坚持，一直戴到十几岁。极个别的，甚至戴着项圈去相亲。一了解，原来这家人三代单传一根独苗，不能有半点闪失，岂敢摘下项圈？

吾幼时有过一个项圈，但没有真正戴过。一岁时，刚从困难时期熬出头，外公家哪有能力送项圈？直到十岁生日那天，中午放学回家，老远就闻到家中炒菜的香味，于是快步奔回，却见外公外婆坐在家门口，看着我笑。外婆给我一件新衣裳，外公拿出一只银项圈给我戴上，这是他们给我的生日礼物。外公说拈周的时候穷，没办法，现在十岁了，要补上。

吾已十岁，哪里好意思再戴项圈！于是，母亲就将它压在箱子底下了。

鞋子

幼时过年，总要穿新衣新鞋。

新衣新鞋，起初都出自母亲之手。上学后，讲究了，衣服要到裁缝铺里做了，一般是一件卡其布的春秋衫。冬天当罩衣穿在棉袄上，又作了过年的新衣。缝纫机的针脚又匀又密，自然比手工的洋气。穿在身上，便觉神气。当年以穿军装为荣，衣服流行草绿色。吾有好几年，都做了绿色的新衣。

鞋子依然是母亲一针一线做起来的。那些年，不要说没钱，有钱也没鞋子卖。为了一家人的鞋子，母亲终年不得休息。夏天就要用碎布糊“糨子”，晒干后依着鞋样剪出，一层一层叠起来，纳鞋底。母亲是剪鞋样的巧手，左邻右舍的妇人常来讨鞋样。有的还要帮她们放大或缩小。母亲剪出的鞋样，看上去就很妥帖舒服。她每次给我做鞋时，总要比旧鞋放大一指左右。有两年，脚长得特别快，夏天放的鞋样，过年穿新鞋的时候，就有些挤了。

纳鞋底是个细活、慢活，少一针都不行。从夏到冬，只要得闲，就要纳上几针。其时，生产队会多，队长读报纸，妇女就纳鞋底。报纸上的内容其实没人听。有时上头来人检查，只好将鞋底藏起来。

如此见缝插针，直到年三十晚上，还要熬夜绱鞋帮。这是做鞋子的最后一道工序。昏暗的油灯下，吾已睡过一觉，看到母亲还在绱鞋子，有时不小心，纱绳嵌进了手上的裂口里，带出血来，母亲连忙用嘴咬住伤口，少顷，又继续绱鞋子。

大年初一的早上，吾醒来就会发现，一定有一双崭新的棉鞋，放在枕头边。吾小心翼翼地穿上新鞋去拜年，元宵之前都不肯把它弄脏。

而今，想起过年的新鞋，我就很感慨。几千年来，多少代母亲重复着同样的劳作，多少代儿子重复着同样的感动。而这一切似乎都一去不复返了，现在的新新人类，再读孟郊的《游子吟》，还能找到感觉么？

磨

先有其动词，还是先有其名词？这可能也是一个鸡生蛋还是蛋生鸡的问题，难有答案。或者，是动词名词同时诞生的呢？

《诗经》中说“如琢如磨”，可能在春秋时期即有磨子了，距今约有三千年矣。或云，鲁班发明了磨子。鲁班是战国时期鲁国人，如此，磨子也已有二千多年矣。

磨子发明之前，先民是用石臼加工粮食的，所舂之粉，粗细不匀。自从有了磨子，粮食加工的效率随之提高，人们的饮食质量也显著改善，历史上的那么多美食，只要与面粉米粉等有关的，都得益于有了磨子。甚至，豆腐是磨的，麻油也是小磨磨的香。磨子，功莫大焉。

磨子由石头制成。分上下两片，下片略大。有磨眼，磨膛，磨槽。上下两片均凿有磨齿，由铁轴或圆木固定，上片可以转动。磨子有大有小，大的要用驴拉；小的人力即可。

吾幼时所吃面点，都是磨子磨的面粉。大伯家有一间磨房，印象中总有人在磨着什么。磨小麦是一项极其辛苦的营生。将晒干的小麦扬净灰尘，一手拿瓢一点一点地放进磨眼，一手握着磨柄，一圈一圈转起来。磨面分三步。第一步，筛去其麸，再磨；第二步，筛得白面，吾乡称为小面。第三步，再磨麦渣，所得面粉明显泛红，因其中已掺有不少麸子了。小面类似精面，口感最好。红面差多了，但现在人认为其营养最全。麸子只好喂猪。

从种麦到收麦已足够辛苦，不想磨麦，还要辛苦，人们一年忙到头、一天忙到晚，只能勉强糊口。

作为一种生产方式，它还是太低效了；作为一种生活方式，它实在太辛劳了。这种生产生活方式上下几千年，居然让我赶上了它的尾巴！所幸的是，吾辈进入了电机时代，再不用没日没夜地推磨拉磨了。

日前，在南京一个新辟的公园，吾偶然看到许多大大小小的磨盘散落一地，或为径，或为桥，成了公园一景，步于其上，一时有隔世之感。

碓

以木杵捣击石臼，以去谷物皮壳，是为舂。这是最古老的粮食加工方法。

将木杵固定在一根长木的一头，将长木横在一个支点上，是为碓。以水轮的转动，带动碓的上下运动，使其杵臼，是为水碓。水碓出现在两汉之交，史载，“役水而舂”，即是此意。这是中国最早使用水轮的机械。与此同时，古罗马也出现了水碓。据此可以推测，碓的发明当更早，因为必然先有碓，后有水碓。

吾幼时，吾乡仍用碓加工粮食，真是古意盎然。

在碓上竖一木架，以便立人扶手。一人或二人踩碓之一头，以舂谷物，是为踏碓。踏碓是一项极为单调的工作，很容易疲劳。

有时没有石臼，用缸瓦代替。在地上挖一坑，将缸瓦铺于四周，状如石臼，远大于石臼，可装一箩稻。舂一箩稻，需耗时半日。

踏碓不仅可以舂稻，还可以磕粉。所谓磕粉，是将淘好的糯米倒入石臼之中，反复舂之，即得糯米粉也。幼时春节前供销社做糖果，母亲总要去打工磕粉，经常通宵加班，实在是一分苦力。

时过境迁，碓和踏碓都成了文化遗存，好在有时到一些农家乐偶尔还能碰到，让人生出几声感叹。

艞码儿

艞，吾乡方言读如跳，本指大船，可组词艞板，意为船岸之间供人上下的长板。艞码儿，则专指河边码头。艞板一头靠岸，一头架在木梯上。长约两三米，宽近尺。木梯立于水中，艞板可随水位调节高度。

艞码儿是幼时吾乡一景，人家大多筑水而居，几户共用一艞码儿。木梯经年，艞板水渍，斑驳有痕，染几多风霜岁月。水中倒影，波光粼粼，春伴桃花杨柳，秋辅蒹葭芦荻，艞码是可以入画的。

淘米、洗菜、汰衣、挑水，均赖于此。村姑村妇，家长里短，多在此交集，艞码儿就成了信息场。姑娘洗衣，小伙挑水，时时在艞码儿相遇，有意无意竟会成就一段姻缘。

西大河即串场河，远通长江，船帆点点，艞码儿处处。有船工停船靠岸经艞码换取油米，偶有村姑随船远去，让沉闷的乡间生活多了一层绮丽、几丝浪漫。

吾幼时钓鱼，喜在艞码儿设窝。但因常有人打扰，难得钓到大鱼。然，鰲鱼、塘鳢却是不少的。鰲鱼喂猫，塘鳢炖蛋，各得其美也。

三十年河东，三十年河西。焉知三十年，河已成平地，艩码儿安在哉？

电灯

“楼上楼下，电灯电话”，曾经是人们对美好生活的憧憬。老一辈人说，当时也就以为是说说而已，谁敢当真？但是，家里真的真的要装电灯了。那是七十年代初期，吾至今仍能记得当时的兴奋和激动。

好像是秋天。父亲先从街上买来了火表、开关、灯头、灯泡，还有电线，一卷红的，一卷蓝的。红的作火线，蓝的作地线。

电工是隔壁生产队的，叫不出名字，人很神气。他扛了一根梯子，背了一个黄色的帆布包，后来才知道那叫电工包，里边有起子（螺丝刀）、钳子、胶布、电笔等工具。能够背上这样的包，那时在乡下足以让人崇拜。

电线是从西山墙穿进家的。山墙是泥墙，北方叫干打垒。山墙尖上本来有个小窗，插了一块玻璃，采光。现在正好从那儿接进了电线，一红一蓝，并行着，沿着木头桁条，用白色的瓷扣固定。瓷扣是绝缘的，安全。然后拐个弯接到二梁上，再接出灯头线，接出开关。灯头就是最普通的插口灯头，插上灯泡即成。螺口灯头是后来才有的。开关也是最老式的开关，一根布绳系下来，拉一下，开；再拉一下，关。

电线是从队场上接过来的，仓库的檐下有一个配电箱，从那儿引出，经过了两根电线杆，就到了我家。屋内山墙上装了一只火表。把电表叫作火表，似是吾乡方言的特色。

忙了一下午，天快黑了，才完工。母亲给电工炒了一碗蛋炒饭。吃过蛋炒饭，他到队场上推上闸刀送电。

一家人围在灯下，等着这庄严的一刻，父亲一拉开关，哇，好亮啊！眼睛一下子不能适应，家中的旮旮落落都被照得发亮。吾不禁激动得跳起来。又跑过去拉开了另外两只灯。三间房，三只灯，一片通亮。其实，那些灯泡都只有十五瓦。

母亲盯着火表看，火表一圈一圈地转，太快了。她心疼，连忙关了两只灯，宣布纪律，平时只能开一只灯。她坚信，吃不穷，穿不穷，不会算计一世穷。

尽管那时经常停电，有时电压不足，灯光发暗。但是，毕竟从无到有，结束了数千年的黑暗，改变了农家的照明方式。现在想来，从爱迪生发明电灯，到吾家点亮电灯，差不多花了100年的时间，这在吾家的历史上绝对是一个划时代的事件，只是当时已惘然，未能记下它的年月日。

广播

广播这个词，应该是个新词。有的说是源于日语。播，本意为播种，引申为传播。广播，广播，广而传播也。这是自电台发明以后才有的新事物，至今尚不足百年。从文字的传播到声音的传播，是人类的一次巨大飞跃。对吾来说，这一飞跃是从农村有线广播开始的。

有线广播是从路边田头或者队场上的大喇叭开始的。那种喇叭，大如斗，银灰色，喇叭口有一条黑色的橡胶皮包着。放在地上，声音太响，不能近人。装在高高的电线杆上，三里之外都能听到。那时上学放学，都有大喇叭的声音作伴，有时是样板戏，有时是天气预报，有时是广播通知，有时不知道在说些什么。

每年腊月中旬，大喇叭里就开始播放一首著名的歌曲，“天上布满星，月儿亮晶晶。生产队里开大会，诉苦把冤申……”如泣如诉，可孩子们却越听越有劲：马上就要过年啦！

家中装上电灯后不久，公社统一给每家装小喇叭。好像不要钱。小喇叭在吾乡直接叫广播。讲究的人家还请木匠做一个盒子，盒子中间镂空，刻成一颗五角星，光芒四射的样子，很好看。

家中有了广播，再不用担心上学迟到了。每天早晨，公社广播站的广播员就会准点开机，先播一遍《东方红》，然后用土话宣布某某广播站开始播音，接着转播县广播站的节目。县广播站都是用普通话的，乡人开始不适应，以为“洋腔别调”，不好懂。久而久之，也就好了。

吾从广播里得到不少知识，知道公社上面有县，县上面有省，省上面有中央。一层一层的，都有广播。只是公社和县里的叫广播站，中央和省里的却叫电台。电台是个什么东西呢？

那时听得最多的节目是样板戏。《杜鹃山》火的时候，天天听柯湘唱段，教育雷刚。《沙家浜》的“智斗”，就是那时倒背如流了。还有“泰山顶上一青松”。《红灯记》中“都有一颗红亮的心”，比“李奶奶痛诉革命家史”好听。《智取威虎山》最喜欢的是“打虎上山”和“防冷涂的蜡”、“精神焕发”的切口。

反击右倾翻案风时，蒋大为天天在广播中教唱那首著名的歌，听得耳朵起了茧子。等到他唱《牡丹之歌》的时候，吾一点也不陌生。

唐山大地震后，防震抗震，搭起了防震棚。一天，电闪雷鸣，狂风暴雨。广播突然响了，说有重要广播。侧耳细听，是县委书记的声音：革命群众同志们，接上级通知，地震马上就要发生了，请立即住到防震棚里，任何人不许留在家中。一遍又一遍，就是这几句，感到他的声音都在颤抖。惊心动魄之后，地震并没有发生，但是，广播的力量却是让我刻骨铭心了。

紧接着，毛主席去世，听到广播里的哀乐，觉得天都要坍下来了。

不久，粉碎“四人帮”，天天播李光曦的《祝酒歌》。也允许悼念周总理了，有一阵子天天听郭兰英的《绣金匾》。

后来，广播中就有了刘兰芳的评书和扬州评话。一到时间，吾就坐在广播下专心听书，不肯家人打扰。扬州评话讲的是武松。高考的那几天，正讲到武松醉打蒋门神。每天傍晚，考场回来，吾都要听完一段武松，才肯休息。

高考填志愿，不知道填什么，父亲从报纸上看到有北京广播学院招生，觉得不错，就代我报了，第一专业选的就是广播文艺。

收音机

其实也是广播。只不过接收的是无线信号，所以叫收音机。这名字只叫对了一半，不仅收音，还传音呢。

收音机诞生于上个世纪初年，有人说是俄罗斯人波波夫发明的，有人说是意大利人马可尼发明的。无线电台也好，收音机也好，中国在起步阶段并不落后多少，但直到七十年代才开始普及开来。吾乡新人成家，要有“三转一响”。“三转”指自行车、缝纫机和手表，“一响”，就是指收音机。好的收音机是台式的，摆在家里，绝对是一个摆件，很有气派，上面覆以红绸，或者雪白的花边。

吾从小对好声音敏感。在城里上学的路上，一个巷口人家，有一台收音机，声音特别好听。每次经过其窗下，吾都要停留一会儿，即使听一段新闻，也是好的。

吾已记不清是哪一年有第一只收音机的。应该是初中毕业了，似乎是为了学英语，父亲为吾买了一只收音机，好像是红灯牌的，不大，拿在手上正好。

惭愧的是，吾没有学好英语，倒是听了不少歌曲。李谷一的《边疆的泉水清又纯》，吾就是在收音机里学会的。

收音机为吾打开了一个新的世界。吾带着它上了大学。那时的电台不像现在这样丰富而随便，节目比较精粹，是要传道授业解惑的。

吾最喜欢文学节目，音乐节目。小说《第二次握手》，吾就是在收音机里听完的，只恨一次播得太少。上海人民广播电台，每晚十点半播出经典音乐节目。某个冬夜，吾与德沃夏克的《自新大陆》不期而遇，其第二乐章，让吾顿起思乡之情，居然泪湿枕巾。

还有就是体育节目。中日女排大赛，吾正好放假在家，拿着收音机到田里，陪父亲干活。宋世雄的解说，让吾热血沸腾，忽喜忽忧，一惊一乍。那时听赛事直播，比现在在电视里看，还要激动人心，还要过瘾。

收音机给人带来快乐，也曾给人带来灾祸。吾读初中的时候，一天，一辆警车来学校抓走了老校长的儿子，带走了他的收音机。原来其收音机有短波，可以听到敌台广播。听也就听了，谁想他昏了头，竟然给苏联某机构写信，说要提供什么情报。结果东窗事发，被判了五年徒刑。闻者无不叹息，老校长革命一辈子，临了却被这个不争气的儿子剜了一刀，唉。

手表

在《资治通鉴》里，手表是亲手书写表章的意思。司马光绝不会想到，他创造的这个词，后世竟会是一种计时器。

如何计时，曾是人类共同的问题。古埃及人发现影子长度会随时间改变。古巴比伦人六千年前发明日晷和水钟。古希腊人在公元前 140 年到 100 年，制造了齿轮系统组成的奥运会计时器。大小如书本。这应该是后世钟表的滥觞。

古代中国人发明了多种计时方法，日晷、沙漏、漏壶，甚至焚香以计时。

第一个把钟表引入中国的是利玛窦神父，他用钟表敲开了万历的大门。此后，中国也开始学会这种“奇技淫巧”了。

但是手表还要晚得多。上个世纪初，为了让飞行员飞行途中方便看表，法国钟表商人卡地亚灵光一闪，用皮带及扣子将怀表绑在手腕上。于是，这种绑在手腕上的怀表，有了一个新名字——手表。

吾幼时看到的第一块手表是小学语文老师的。他有一块上海牌手表，让其他老师眼热。奇怪的是，他不是将手表戴在手腕上，而是穿在裤带上。上课的时候，他的腰间总是闪闪发亮。吾到现在都记得他低头看表的情景。

吾中学的历史老师，则有一块怀表。历史老师往往喜欢古物。怀表是挂在怀里的手表，显然，比手表更有历史感。他上课，喜欢从怀里掏出怀表看一下，银色的链子很抢眼。每当此时，我们就知道快下课了。据说，这怀表是师母送给他的，先生视为至宝，时时在怀，须臾不离。

吾第一次用手表是参加高考前一天向邻居借的。母亲反复叮咛，要记得戴在手上，不能搞丢了。晚上上发条，放在枕头边，居然能听到清脆的秒针转动的声音。这只表几乎成了考试的负担，但为吾掌握考试时间做出了贡献。

上大学了，父亲给吾买了一只钟山牌手表，南京产的，价格只有上海牌的四分之一。但对于普通计时来说，没有多少差别。

工作以后，换过几次表，没有多深的印象。手表的技术日新月异，机械表，石英表、电子表，层出不穷。手表的种类日益繁多，运动表、情侣表、时装表，五花八门。市场的力量，具有无限的生产能力。人们对手表从好奇到歆羡到熟视无睹，也就是几十年的时间。有手机了，手表的功能被取代了，许多人也就懒得戴手表了。

不过，中国人造手表的技术并没有止步。“神舟七号”升空后，翟志刚出舱时戴着一只航天表，就是国产的。这块表能在失重条件下和出舱后的太空环境中，运转正常，可见其不同凡响。

现在手表的价格与价值发生了巨大的偏差，有些手表其实是一种装饰，成了身份的象征。于是一些人因为名表而出事，想想也是醉了。

吾乡当年有一个笑话。某队会计娘子，戴了一块手表在地里厠田。别人问她几点了，她总是抬头看看太阳，然后估算着说，大概几点多了或者几点不到的样子。她看不懂表。对她来说，手表就是一个装饰，如同一个手镯而已。

缝纫机

工业革命后，人类进入了智慧大爆炸的年代。一个木匠或者一个裁缝，或者一个普通的机械工人就能琢磨出一种机器，不经意间，就改变了人类的历史。缝纫机，就是这样被发明的。

中国人虽然落后了，但也踩着一定的节奏前进着。先是引进整机，而后生产零部件，后来又直接生产缝纫机。这与改革开放后的路子几乎一模一样。也正因此，缝纫机在许多地方又叫洋机。1859 年，美国胜家公司发明了脚踏式缝纫机。1928 年，上海胜美缝纫机厂也生产出第一台家用缝纫机。其间相隔近 70 年。

由于特定的历史原因，这一差距至吾幼年，非但没有缩小，可能还拉大了。

尽管如此，吾乡还是有了几家缝纫铺子。由于铺子的男主人都在学校当老师，实际业务是由两位女主人打理的。女主人按习惯被称为师母，方圆几里都知道某师母的手艺如何如何。过年了，换季了，有时要新做一件衣服，就要买好料子到某师母家量体裁衣。很长时间，吾有一个错觉，似乎裁缝就应该叫作师母。

她们用的缝纫机都是上海产的,一台蜜蜂牌,一台蝴蝶牌,都是脚踏式的。机头上都特意做了套子包着。确实,一台机器就是一家人的生计,焉能不备加爱惜?

缝纫机做出来的衣服就是好看,洋气。但是一般人家是舍不得送去加工的。吾幼时的衣服大多是母亲亲手缝制的。

母亲的手巧远近公认。一到阴雨天,地里不能干活了,就有人上门请她帮忙裁衣服。她总是左算右算,帮人家省出几寸布来。有的扯布之前先来跟母亲商量,要做一件衣服,需要买多少布。母亲开出的尺寸不肯有一点浪费。

母亲的女红也是邻里之间数一数二的,针脚又密又匀。那时一家人的衣服都要出自母亲一人之手,耗时太多。她白天要上工,只能晚上熬夜做。有时在灯下做着做着,就打瞌睡;有时不小心会戳破手指,不得不在嘴里吮吸一下。现在看来,手工衣服最为宝贵,但那时,吾却嫌其土气,总希望能够穿上缝纫机做的衣服。

十岁那年,吾在缝纫铺子里做过一件栗色的灯芯绒春秋衫。上初中以后,又在缝纫铺做过一件白衬衫。多花了几毛钱加工费,母亲心疼不已,做梦都想有一台自己的缝纫机。

吾上大学以后,家境渐渐好起来,父亲终于买了一台缝纫机,也是蝴蝶牌的。母亲十分开心,她似乎是天才,一天没学过,就用得很好。吾颇以为奇。她说,这有什么难的,看看就会了。从此，母亲从手工缝制的辛苦中解放出来了。

时过境迁，服装业突飞猛进，到处都是卖不完的衣服。乡间的缝纫铺子只好关门，母亲的缝纫机也闲置起来了。

日前回乡，吾家隔壁居然新办了一间服装厂，几十台电动缝纫机日夜不停地生产着。据说，那些衣服是要出口美国的。

百余年间，沧海桑田，即使从缝纫机，也能看出端倪。

炒米机

爆米花机，吾乡称为炒米机。一到腊月，炒米匠就挑着担子来了。在庄上找一个避风处坐下，点好炉子，支好机子，对好风箱，然后吆喝起来："炸炒米啰——"尾音拖得很长，非常撩人。

早有耳朵尖的人家，大人牵着孩子，舀了两斤糯米送来。于是立即开张。讲究的，还要加点糖精。炒米匠将米灌进机子，封好口，就在炉子上炒起来。所谓炒，是不确的，其实是转。他一手拉风箱旺火，一手不停地转炒米机。可以想见，米在里边也是不停地翻转的。几分钟以后，压力表上指针刚过了一格，炒米匠就停下来，扳起机子，对准特制的大麻袋，左脚一踩机头，右手一扳把手，砰的一声巨响，米花喷到麻袋里了。真是神奇，两斤米，居然能炸出一大袋米花，不知多了几十倍。

随着这一声巨响，全庄子的人心就不稳了。家家的孩子都缠着大人要炸炒米，不然，过不好年。于是有炸玉米的，有炸蚕豆的，有炸扁豆的。这一天，炒米匠就不愁生意了。

炸玉米花有皮，炸蚕豆花有壳，炸扁豆花有扁豆味。吾幼时最喜欢炸糯米花，抓一把捂到嘴里，先香后甜，百吃不厌，也百吃不饱。最好吃的还是剩在机子里的那一小把僵米，发黄，香，脆，耐嚼耐饿。

过年期间，家中来客，有时就泡一碗炒米，暖暖身子。客气的，再加一勺红糖，甚或加一只鸡蛋。

后来读到《板桥家书》，“天寒冰冻时，穷亲戚朋友到门，先泡一大碗炒米送手中，佐以酱姜一小碟，最是暖老温贫之具”，特别亲切。郑板桥是兴化人，与吾乡相近，他说的炒米应该就是爆米花。

中国传统的爆米花，可以上溯到宋朝。范成大在《石湖集》中说：“炒糯谷以卜，俗名孛娄，北人号糯米花。”苏州话，打雷叫“勃辘”，爆米花的声音恰如打雷。于是，苏州人将爆米花叫做“孛娄”了。从中可以看出，当时糯米花已经南北通吃了。不过，苏州人爆米花不仅是爆米花，还爆出了文化，居然用爆米花来卜知一年的吉凶。

吾不敢相信，宋朝即有炒米机了，但范成大言之凿凿，“孛娄”之声不容不信。果如此，则国人之机械水平当刮目相看耳。

清人赵翼有一首《爆孛娄诗》：“东入吴门十万家，家家爆谷卜年华。就锅排下黄金粟，转手翻成白玉花。红粉美人占喜事，白头老叟问生涯。晓来妆饰诸儿子，数片梅花插鬓斜。”以爆米花占卜命理运道和佳人姻缘的风俗，看来从宋朝一直传到了大清朝。

有人在秘鲁北海岸附近发现了距今约 3000 至 6700 年的爆米花和玉米棒残渣。有爆米花，就应该有爆米花机，但吾不敢相信。那么早的年代，如果真有，也是外星人带来的吧？

父亲年轻的时候，穷困潦倒，和朋友商量合买一台炒米机以谋生。听说泰州有卖，于是一天急行军，从早到晚，步行 100 多里。天黑了到了旅店，脚上磨出了血泡，服务员打水泡脚，再喊他们吃饭时，居然坐在凳子上睡着了。

第二天，找遍泰州城，还是没有买到炒米机。

农本部

扁担

有茅竹的和桑木的两种。小学课本上有《朱德的扁担》，有图有真相，显然那是茅竹的。还有一首名歌《挑担茶叶上北京》，歌中唱道，“桑木扁担轻又轻”。

这两种扁担，吾家都有。比较起来，轻又轻的其实是茅竹的，一般母亲用得多。桑木的多是父亲用的，吃重，能挑一二百斤。挑水用它，挑粮用它，挑泥用它，挑粪用它，挑货也用它，总之挑担都用它。

桑木细腻有韧劲，宜作扁担。某年一根旧扁担裂开不能用了。父亲只好把门口长了七八年的一根桑树砍了，请木匠做了一根扁担。扁担长约一“拓”，即一人双手平伸之长度也。在扁担的两头，各按了一个高约一厘米的木钉，以免挑绳滑落。新扁担，木质介于黄绿之间，很好看。木匠说这是根好料子，会越用越软和。

说扁担会软和，可能有些夸张。吾幼时拿着觉得重，扛着觉得硬。母亲一直要我好好读书，她说，扁担重，还是钢笔重，自家要有数。不读书，一辈子就要扛扁担。

父亲几乎扛了半辈子扁担。最苦的一次是送公粮，挑着两箩稻走了二十里地。路远无轻担，需要不断换肩，结果将双肩都磨破了，好长时间不能再挑担。

最冤的一次是为桥北商店挑酱油。酱油装在坛子里，坛子装在船上。一坛足有八十斤。挑起一担酱油上岸，送到店里，可得五角钱。这本来是个好活计，谁知下雨路滑，泼掉了一担。结果分文未得，还要赔钱。父亲哪里有钱，只得为商店挑了半年货，才算平了账。

吾幼时最佩服的是供销社的工友。所谓工友即专职的搬运工也。他们靠一根扁担吃饭，在码头上挑货，无论上下，似乎都很轻松，有时还打着号子。累了，就将扁担隑在墙上，人靠在扁担上，居然能打鼾。夏天，他们都是光膀子干活，手臂上缠一根汗巾，双肩上长的不仅是老茧，而是厚厚的肉棱子。

有一则笑话说乾隆下江南看到农人挑担打号子以为很快乐，而喝酒咂嘴皱眉，以为很痛苦，就赏担罚酒。他哪里知道，挑担打号子正是最吃力的时候，实在是不得已，分散注意力以缓解痛苦也。

一根扁担，可以写出无数故事，串出不同人生。千百年来生产生活，人们都离不开扁担，多含辛劳酸楚。也有以之为乐的，吾在广西看到壮族的扁担舞，将劳动化作了艺术，其欢快之情，让人感到一种健康的美、力量的美。

踏车

即龙骨水车，有的地方又叫翻车。日前，偶读宋人《耕获图》，看到踏车，十分震惊。其状与吾幼年所见，毫无二致。

河边，择一口子，支起踏车，四人或六人踏之，水由河里提到岸上，顺着渠道流入田里。

踏车由水槽和架子组成。水槽的长度刚好是河水到岸边的距离。水槽内有一节节笏板和木虾。笏板，方言读作拂板，本指官员上朝用的手板，吾乡却用以指称农具，足见以农为本。木虾，则是组成链条的部件，形如虾。一节节木虾连接成龙骨，如同自行车辐条。笏板、木虾，均须用桑木，耐腐耐磨。

架子上面是一根横梁，下面是一根主轴，主轴上有 16 或 24 个木拐，供踏转主轴用。主轴旋转带动水槽中的笏板，笏板将河水一节节送上岸来。这就是踏车取水的原理。

据查，这种翻车，乃东汉毕岚发明，原先手动，用以洒扫马路。东汉马钧将其改造，用以灌溉，后世又叫拔车。到唐代，又改成了足踏翻车。元代王祯《农书》，描绘了这种翻车的构造。这说明，从唐代始，到吾幼时，一千二百余年间，农村取水浇灌的方式几乎没有变化。

踏水，既是力气活，也是技术活，没有技巧，不会用巧劲，不但劳累，还会摔下来。关键在于平衡。

旧时踏水总是在酷暑大旱之时，虽说辛苦，但比起挑水抗旱，还是好多了。男人们几乎一丝不挂，打着号子，有时也要说些春话。踏水是个实在活，一脚不能踏空，偷不了懒。女人孩子只有送饭做后勤的份。个别妇女体壮力大，居然能顶上半日，就会受到邻里夸赞。

乡谚，一粒米，七担水。没有踏过水的人，很难理解此话的全部含义。

牛赶车

某日，吾读《天工开物》，看到几幅插图，大为惊奇。一是踏车，一是牛转翻车，此二车与吾幼年所见几乎一模一样。恍惚间，思接千载。

踏车，牛转翻车，可以统称为水车。所不同者，一用人力，一用牛力。机械原理亦相似，只是牛转车的运动方式要复杂一些，不仅有垂直方向的，还有水平方向的。

牛转翻车，吾乡称为牛赶车。多了一个车棚。车棚如一顶大伞，上面盖着茅草，下面是一根立轴插在“磨盘”中央，“磨盘”实际上是木制的齿轮，牛像拉磨一样将木制齿轮咬住踏车的主轴，以此代替了人力。然，有时用不起牛，只好由七八个大汉合力推之。

幼时，外公家的河边就有一个牛赶车。吾至今仍能想起，那牛赶车车水时的吱呀声。

据说，牛赶车至晚在唐代就有了。那么，这吱呀声在历史的天空回响了千年而不绝，居然传到了我的耳朵中，何其幸哉！

风车

看过电影《柳堡的故事》的人，一定还记得其中的风车。这是当年里下河水乡的风光之一，当然，也是吾乡一景。

现在的风车可以发电。荷兰的风车用来磨粉、锯木甚至造纸。吾乡的风车则用来取水。与牛赶车同理，只是动力源自风力。

风车由帆布或土布做成篷。一架风车有六到八片篷。有一人字形构件，可以因风向随时调整篷的方向，保证任何方向的风都能转动。风大转得快些，风小转得慢些。篷的转动通过大小齿轮带动主轴，拉动水槽内的龙骨，龙骨带动笏板，笏板刮水，将河水带上岸来。

风车需要专人看护，一是随风向调整朝向。二是看转速快慢。太快，笏板会空转，刮不到水，要落篷降速。太慢，要加篷提速。三是要看水位，及时调整水槽位置。

风车可能是现代工业产生之前，人类最复杂的发明创造之一，究竟集中了多少能工巧匠的智慧，已无从考证。史载，大约在南宋时，江南就有风车了。直到上世纪七十年代初，电灌站兴起以后，风车才从吾乡渐渐消失。这样一算，风车的历史居然已有 800 年矣。

犁

甲骨文就有这个字。这说明殷商时代，中国人就使用犁了。幼时吾乡仍用犁耕地，多用水牛。水牛力大。有时，牛不够用，也用人力。几个男女在前面拉，一个男人在后边扶。扶犁，不仅是个技术活，还是个力气活，只有男人能做。没有一把好臂力，犁不深。吾幼时常常赤脚跟在犁后边捡蚯蚓。新翻的土地，总是带出蚯蚓，捡回家喂鸡，正好。

想来真是幸运，自殷商至吾辈，已历三千多年。三千多年，仍用犁耕，吾幼年所见生产生活与先民耕作居然如出一辙，幸甚至哉！

据查，汉代有直辕犁，唐代始有曲辕犁，宋代曲辕犁进一步改良，与吾幼年吾乡所用之犁无异。大小共有 11 个部件。犁辕之曲率不仅最为省力，而且最为美观，其正欹之势，最具张力。说来有趣，美和实用，往往是统一的。

犁头是铁制的，有一个专有名字，铧。亦可称为犁铧或者铧犁。入冬之时，要卸下已经磨得发亮的铧，涂上油，保管好，翌年春天开耕时再用。

大约十岁的那一年，队里买了第一台拖拉机。吾到现在都记得全队人围着拖拉机兴奋的样子。有人说，这就是铁牛啊。

从此，耕牛或者牛耕渐渐淡出了生活。犁，也渐渐被人淡忘了。

现在的孩子再学犁字或者铧字，还能想象出它们的样子吗？

碌碡

这两个字一直不会写，直到大学时读到范成大的《春日田园杂兴》之“系牛莫碍门前路，移系门西碌碡边”，才恍然而悟，原来碌碡这样写呀。

一块圆柱形的石头，灰黑色，粗如桶，长过二尺。上面刻了一条一条的棱子，或者说凿出了一条一条的凹槽。两头各有一个方孔，塞了一个圆形的木榫，以便拖拉，使其滚动。此即碌碡也。

吾幼时，队场上有几个碌碡。夏收时当碾子，由水牛拉着碾场。麦秸连着麦穗，割上来，整齐地铺在场上，牛拉着碌碡碾过来碾过去，麦粒就从麦穗分离了。秋收时，新稻登场，碌碡又成了打稻的工具，男人们将一把一把的稻秸甩过肩背，在碌碡上左摔又摔，直到稻籽全部脱净。

碌碡是幼时吾乡重要的农具之一。然，吾乡不产石头，碌碡是从哪里买来的呢？其时，没有车子，只能水运。这么重的石头如何上船？如何上岸？又如何搬到队场上？想想，真是一件了不起的事。

项羽力能扛鼎。吾乡有人能够将碌碡竖起来。一个碌碡足有四百多斤，又几乎没有抓手，要将它立起，没有一身蛮力是不行的。旧时乡间常有比力打赌的，有人胜了，骄傲一辈子；有人输了，伤了腰，甚至掉下了疝气，苦了一辈子。只是碌碡无语，就在那里，一任风雨。

据说早在魏晋时即有碌碡了，又写作陆轴，除了打粮以外，有时还用来压实土地。碌碡对于传统农业，不可或缺。是谁发明了碌碡？已经于史无考。直到上个世纪七十年代，随着农业机械化的步伐，碌碡才渐渐赋闲矣。如此算来，碌碡为国人服务已近一千八百年，可谓居功至伟。

上大学的第二年，队里分田到户，连农具也分了，碌碡却没人要。我家领了一个，放在门口，真的成了摆设。每次回家看到碌碡，吾总要多看两眼。它好像总是在提醒我，走得再远，也不要忘了根在何处？

苫子

各地叫法不一，有叫草帘子的，也有叫草毡子的。都由稻草加工，但是方法式样各有不同。现在大多由草编机器生产。

吾乡苫子是手工编织的。苫子的宽度就是稻草的高度，近一米。一卷苫子长约10米左右，太长了，拿不动。编苫子在吾乡叫扼苫子。这个叫法很精准，也很古雅。苫子确实是扼出来的。一张长凳，钉两根钉子，中间相距一尺有余。将稻草扼在凳子上，再将草绳在钉子处交叉编好，以此顺延，就成了苫子。扼苫子一次用两三根稻草。太多，苫子太厚；太少，又太薄了。扼苫子的稻草，要整齐修长。扼苫子，一般右手为稻草的根部，要对齐；左手为稻草的尖部，只能顺其自然，稍有参差。

苫子的用途相当广泛，可盖可垫。冬天，寒潮来临，用苫子盖住菜地，保温。雨天，用旧苫子铺在泥路上，防滑。最主要的用途是保护谷堆。

幼时，夏粮秋粮登场，每晚都要用苫子盖好谷堆。从谷堆底部开始，顺时针或逆时针转圈，螺旋式上升，到谷堆顶部，再来回绕一下，如此，就盖好了。盖苫子，一为防潮，二是防盗。

防潮主要是挡露水。防盗，要在苫子上盖上洋灰。盖洋灰，用一个砖头大小的木盒，装满灰，底部有若干细孔，轻轻一拍，如同盖印一样。每晚，生产队有专人在苫子上盖洋灰，在苫子的底部，和一圈一圈之间的结合部。这情形，就如同现在在合同上盖骑缝章。第二天早上，验过苫子上的洋灰印后，才能掀开苫子，重新晒粮。

吾乡家家都要扼苫子，一年四季都可以扼苫子，男女老少都能扼苫子。农闲时扼，阴雨天扼，餐后睡前，只要有一点零碎时间，都可以扼。乡人是闲不住的。

祖父是个私塾先生，不太会干农活，却会扼苫子。因为扼苫子实在太简单了，没有什么技术含量。祖母让他扼苫子，他却老是看书。祖母经常说他“满肚的文章充不了饥”。他也不答话，只是一边看书，一边扼苫子。效率当然就要差些。那时也没有书看，一本红楼，一本水浒，都被他翻破了。

苫子一定是古已有之的。史载，汉代就有了温室，温室是用涂了油的帛覆盖的。不过，吾猜想，那温室也是要用苫子保温的。

墒锹

是挖墒的铁锹。长约两尺，宽约三寸，有一点弧度。上部有一圈，如卯，便于锹柄的榫头“针”进去。卯外伸出一小块半圆形的铁拐，便于挖墒时，脚踩发力。锹柄一般是桑木的，结实。墒锹的凹面还要烧上颗粒状的生铁屑，如此，挖土时不会沾泥。

吾乡农家几乎家家都有一把墒锹。墒锹不仅可以挖墒，还可用来挖河，挖井，甚至挖河蚌。

挖墒，是最常见的农活。墒，即垄沟。一块大田，总要开几条垄沟。不然，不好排水搁田。用一根绳子拉线，沿线开挖，又深又直，颇出工效。挖墒要力气，还要有技巧，多为男人。下锹要准，脚踩铁拐，手撬锹柄，腰臂发力，配合默契，熟练的人能挖出节奏。

挖河，都在冬季。多用铁锨，但遇到坚硬泥块或冻土，还是要靠墒锹。墒锹似有削铁如泥之功。

挖井，更神奇。乡人将打井的称为地老鼠，一般人较矮小，一身好力气，凭一把墒锹，半天就能挖出一口井来。挖井不能用铁锨，墒锹的大小正好，在井里转得开。

最神奇的是挖河蚌。吾乡西南为沙土，河滩宽斜，水边清浅。冬天，河蚌藏于河滩水下。有高手，扛一把墒锹，拎一只竹篮，沿着水边挖河蚌。几步一锹，一锹一只，百米左右，已有半篮。冬日河蚌，确是味美，不唯农家小补也，即使卖到城里，亦极受欢迎。

锹，作为一种铁器，至少已有几千年的历史。墒锹只是其中之一种。吾幼年所见所用之墒锹可为铁锹文明之尾声耶？

连枷

老友让吾写写“连该”，说这东西过去常用，现在快消失了。吾猜想，它是“连枷”的音变。一查，果然。

吾乡的连枷是竹制的，由一个长柄和一个竹排组成。长柄也是茅竹的，一头用火烤过，使之弯成一个圆圈，套住竹排上部的榫头。竹排由十几片竹片拼成，长约二尺，宽约三寸，厚寸余，以铅丝箍紧，颇有分量。挥动长柄，使竹排绕轴上下转动，击打庄稼以脱粒。

吾曾用连枷打过麦子，打过菜籽，打过黄豆，打过芝麻。打连枷要用巧劲，否则无法让竹排自如地转起来。挥动的高度，下压的力度、速度，决定了竹排击打的角度。最理想的是竹排与地面呈一百八十度，如此，其与庄稼的接触面最大，因而脱粒的效率最好。

不论是麦子、油菜，还是黄豆或者芝麻，连秸杆一起收上来，都要晒得“干驳驳、格炸炸”的，才好打。打连枷都是在夏收或秋收之时，天气炎热，十分辛苦。脖子上都要挂个毛巾，随时擦汗。没有打过连枷的人，不能算做过农活，不会懂得稼穑之艰。

连枷既是农具，还是武器。作为农具，它还有一个古名，叫佥。作为武器，它又叫连梃。梃即棒。早在先秦时期，中原人就用连枷守城。《墨子》云："二步置连梃、长斧、长椎各一物；枪二十枚，周置二步中。"意思是说守城时每二步即配备一个连梃，可见冷兵器时代，连枷是多么重要。吾以为连枷的威力在于突然的翻转，改变了攻击的距离，让敌手防不胜防。

唐代，连枷不仅用于守城，经过改造还用于骑兵，具有了进攻的功能。据说现在仍在使用的双截棍，就是连枷的改良品。

作为农具的连枷快要消失了，是一件好事；作为武器的连枷如果也一同消失了，那就更好了！

钉耙

也可写成钉钯。铁打的，有二齿的、三齿的、四齿的、五齿六齿的，甚至还有九齿的。《西游记》中猪八戒的九齿钉耙，有五千零四十八斤重。当然，那是神话，当不得真。

吾乡的钉耙，多为四齿，茅竹作柄，顶头加"塞"——一种三角型的木条。用时用斧子或锤子钉紧。有时长时间不用，干燥了，就先用水泡一泡，也能涨紧。钉耙"针"牢了，用起来爽手，出活。

钉耙的主要功能是耙田，故名钉耙。耙田，在吾乡叫剷田，实际上就是翻地。翻地要从后往前，一耙覆一耙。有时有结实的泥块，还要反转钉耙，用其头子将它敲碎。

剷田的大多是男人，因为要有一把好臂力。先往掌中吐一口唾沫，再搓一下手，然后握住钉耙柄，干起来，半个时辰，就能剷一畈田。茅竹光滑，唾沫可能有助于握紧钉耙柄。因为这样的生活经验，吾幼时学成语"唾手可得"，觉得特别生动。

在拖拉机之前，主要靠牛耕。如果没有牛，只好用人力剷，钉耙无可替代。种麦子、种稻、种菜，哪一样不要翻地？没有钉耙，农民还能种地吗？

吾少时用过钉耙。当年高考后，曾下地剛过一次田，起初不以为然，甩开膀子大干，觉得很轻松，不到半畈田，手上即磨出水泡。只好丢下钉耙回家了。谁知一觉过后，更加腰酸背痛，几不能行走也，始知稼穑之艰。

钉耙在中国已有一千五百多年的历史。《齐民要术》称之为“铁齿楱”，其实就是钉耙。钉耙，平时是农具，战时则是武器。历代农民起义，钉耙可能是最主要的武器之一，其杀伤力不可小觑。

吾曾经读过一则传记故事，某革命前辈少时曾与地主家在田头抢水，发生械斗。少年勇猛，一钉耙打死了地主的儿子，只好走上了革命道路。从此，作为武器的钉耙给我留下了极深的印象。

起秧

要栽秧，先要起秧。起秧，就是拔秧，但吾乡不叫拔秧，却叫起秧，很有意思。农时不等人。起秧栽秧要在一周内完成。这是乡人最辛苦的时节。

早晨四五点钟，天刚蒙蒙亮，队长的哨子就在窗前响起，伴随着一声一声的吆喝：“上工了，起秧了。”声音由远而近，又由近而远。

秧田，吾乡叫作秧亩。秧亩是吾乡春天的景致，满眼茁壮，连片碧翠。柔风过处，秧苗起舞，远远看去，好似一张绿毯漾起轻波。细闻之，似有清香沁入心脾。秧亩里放了一层水，这样好起秧。起秧没有栽秧辛苦，可以坐在凳子上，一把一把地往前拔。

吾小时起过秧，双手开工，左一把，右一把，速度不让母亲。起秧亦有诀窍，要抓住秧苗底部，连根拔起。用力要恰到好处，过猛，会断根；过轻，起不动。满握之后，在水里涮去淤泥，露出白根，以一根稻草扎之，是为秧把子。秧把子集中起来装上担子，要码放整齐。这样挑到大田边，才好撒开。

起秧最怕蚂蟥，叮在腿上吸血不肯下来，有时甚至钻进皮里，拔不出来。乡人用牛油一样的药膏涂在腿上，方稍好一些。

起秧有时有望外之喜。某年春天，母亲与伯母早晨起秧时惊飞了一只大鸟，原来秧亩里有一只鸟窝，鸟窝里还有三只鸟蛋。这只鸟叫声似“格段”，土名也叫“格段”，大如野鸡。多年以后，吾才查到它的学名叫董鸡。这几只董鸡蛋居然治好了舍妹的百日咳。

中国人种稻已有几千年历史，据说河姆渡遗址就曾发现已经碳化的稻子。如此，起秧一定是一项古老的农活。

宋人楼璹有诗云：“新秧初出水，渺渺翠毯齐。清晨且拔擢，父子争提携。既沐青满握，再栉根无泥。及时趁芒种，散著畦东西。”诗虽一般，但从中可见宋代起秧的场景，与吾乡几乎一样。

栽秧

普通话叫插秧，吾乡却叫栽秧。栽和插有何区别？栽是大面积的种植，插则是指具体的动作。如此可见，吾乡叫栽秧是有宏观视野的。

幼时吾乡推广双季稻，一年要栽两次秧，农人苦不堪言。春季栽秧尚可。夏季栽秧简直受不了。大热天，地里水蒸，天上日晒。汗流浃背，一天下来，腰都直不起来。

生产队栽秧分工明确，男人挑秧，撒秧把子，女人栽秧。一块大田，耙平放水，几为方塘，天光云影共徘徊。秧把子撒开，立于田中，远看如野凫散布，颇有诗情画意。然入于水中，蚂蜞附腿，吸血不止，挥之不去，最为烦人。

一般一人一趟，拉草绳为界。一趟，约十列左右，宽近三尺，长如田宽。女人们赤脚立于田中，比赛栽秧。左手握住秧把子，以拇指和食指捏出秧苗，右手接过，以拇指食指中指捏住秧根部，直插泥水之中。栽秧能手又快又好，手指如鸡啄食，颇有节奏。其秧苗横看成行，竖看成列，整整齐齐。

南宋诗人杨万里有一首《插秧歌》，描写了雨中插秧的情景，读来非常熟悉，毫无违和感。“田夫抛秧田妇接，小儿拔秧大儿插。笠是兜鍪蓑是甲，雨从头上湿到胛。唤渠朝餐歇半霎，低头折腰只不答。秧根未牢莳未匝，照管鹅儿与雏鸭。”

杨是江西人，但所写仿佛就是吾乡的秧事。只是到了上世纪七十年代中期，塑料雨衣代替了斗笠和蓑衣而已。杨一辈子读书做官，不事稼穑，笔下只有田园牧歌，他哪里知道插秧的辛苦。插秧之苦重在弯腰，弯腰的幅度大过九十度。次在手足，连续栽秧，手足长期泡在水中，焉能不烂？

南北朝时，布袋和尚有《插秧诗》。诗云，“手把青秧插满田，低头便见水中天。六根清净方为道，退步原来是向前。”这和尚肯定是栽过秧的。但这首诗哪里是在说栽秧，分明是在说教耳。

吾幼时栽过几回秧，未得入门，深觉其苦，乃发愤读书。心想，如果直接种稻，不要育秧，不要起秧，不要栽秧，该多好！这在当年被讥为天方夜谈，懒人说梦，如今却梦想成真，吾乡水稻多已改成直播矣，产量还远远高过当年。

世上事，有时当真是不怕做不到，就怕想不到。

扬场

吾乡一年两熟，夏收麦子秋收稻。夏收要扬场，秋收也要扬场。

麦子上场，用碾子碾下麦穗，碾出麦粒。麦粒成堆，自然掺和了麦芒、麦草。这就要等风扬场。夏天，南风多，上午下午，阵风大一些，正是扬场的好时机。

扬场是个力气活，只有男人能干，用的是腰和膀子的力量。扬场的人往往头戴草帽，项搭汗巾，打赤膊。上身肤如麦粒色。站在上风，用木锨铲出麦子，高高扬起。由于麦粒重于麦芒麦草，麦粒落下，麦芒麦草则让风吹出两米开外。

秋天扬稻子，也是如此，只是天已微凉，不用赤膊了 。

扬场是有技巧的，不是将麦稻简单抛出，而是用巧劲撒出，使其拉成一片，这样才能扬干净。

扬场是有节奏的，每扬一锨，都要停一下，看麦子或稻子落下，再扬。这种停顿正宜摄影，倘有人拍照，无论顺光逆光，都能拍出劳动美来。

扬场最怕风向不稳。如果是圈圈风，只能停工，否则会前功尽弃。

这项农活，古已有之。吾曾在古代的某本农书上看到一幅插图，其中一角，即为扬场。

自然的力量，简单的工具，原始的劳动，虽然是落后的，但却是恒久的。

牛打汪

吾幼时用长桶洗澡，常常弄得一地是水，母亲就说吾是“牛打汪”。

牛打汪，现在很少有人知道是什么意思了，但在当年却是最常见的生活场景。

生产队养了两条水牛，一到夏天，蚊蝇四起，牛氓肆虐，水牛不堪其苦，仅靠一条尾巴，左甩右甩，是赶不尽蚊蝇和牛氓的。夜晚休息不好，白天就无力干活，久而久之还会生病，麻烦就更大了。

办法总比困难多。乡人在牛棚旁挖了一个池塘，塘不大，可以容下两头水牛泡澡，形状像个放大的水瓢。塘深约二米，四周用小青砖砌了，底部好像就是烂泥。放满水后，就成了“汪”。每天傍晚，牛吃完了草，就入水泡澡，此之谓“牛打汪”也。

水牛将身子浸在水里，蚊蝇牛氓无奈，嗡嗡乱飞。牛头无法没在水里，就成了其攻击目标，只好过一阵摇一下头。有时脊背露出水面，水牛就本能地甩尾巴击之。摇头摆尾，都会激出水来。整个夏天，每天晚上，水牛都是在这个池塘里度过的。于是每天早上，池塘四周的坑洼之地，就会积水。晨曦之下，远远看去就像散落的镜子。

幼时洗澡，如牛打汪，真恰如其分也。

牛打汪，既作形容词，又作名词。语言是生活的产物，只有在生活中才能体会其修辞的奥妙。乡人将看不上眼的小水塘，也称为牛打汪，以言其小也。更小的相关的词叫做“牛脚印塘儿”，言下之意，更不值一提也。

语言又是历时性的，随时代的发展而变化，旧的消亡，新的创生。“牛打汪”这样的词可能已经存在上千年了，但是再过若干年，还有人能够明白它的意义吗？

罱泥

又叫罱河泥。这是一项很费体力的劳动。一条船，两个人。一人撑船，一人罱泥，配合默契，方能事半功倍。多为两个男人轮流作业。也有一男一女搭档的，男的罱泥，女的撑船。

罱泥有两种方式，一为耙泥或扒泥，一为夹泥。耙泥用耙斗。半月形的底盘，圆弧处围了半圈尼龙细网做成的腔子，耙口是一根一寸宽的铁片。再加上一根四五米长的竹篙，整个形状如一个带柄的畚箕。

耙泥，即以耙斗入河底，捞出淤泥也。耙斗着底，耙满淤泥，将罱篙沿着船帮上提，借着浮力，双手沿着罱篙迅速下滑，抓住根部，用一把力气提升至舱边，将泥水倾泻入舱。整个过程要一气呵成，既要力气，更要技巧。沿着船帮提耙斗时，撑船的要稳住船，弄不好，会被逼到河里去。

夹泥，用的是泥夹子，也叫罱子。它由两根竹篙加两个刀口和尼龙网组成。两根竹篙下端弯成弧形，形如钳子，可以将淤泥甚至水草一起夹上来。用泥夹子罱泥，可以既夹泥又撑船，两个人在船上，一人一边，一头一尾，同时罱泥，效率高多了。船一般都是小木船，能装二十担泥。两个壮劳力，一天能罱五船泥。

一罱一罱，船舱渐渐积满。于是，行船靠岸，再用戽子将淤泥擢到河边的泥塘。泥塘，土话又叫泥渣坞儿。河泥是最好的有机肥，肥得流油，黑亮亮的。一到春天，乡人就会从泥渣坞儿里挑出河泥，散放到大田里。挑泥、放泥，又是另一种辛苦。

罱泥一般在冬天。经过了春夏秋三季各种水生物的生长积淀，冬天的河泥最肥。入冬本是农闲季节，但是乡人哪里肯歇？于是，罱河泥以积肥，以备来年春耕也。

罱河泥往往会有意外收获。倒霉的昂刺、虎头鲨、细鲫鱼、细乌鱼甚至老鳖、河蚌，碰巧会被罱上来。运气好的还会弄到泥挖儿，即鲶胡子。乡人开玩笑说它们几天前就落了魂，不吃白不吃。到了晚上，就成了罱泥人的下酒菜，算是对一天辛劳的弥补。

钱松嵒画过《罱河泥》，徐风也画过《罱河泥》。将这种劳动的场景变成艺术创作的题材，是现代以后才有的新气象。吾虽没有罱过泥，但看到这样的作品，总有一种亲切感。

湖桑

原产浙江湖州，广种于江浙一带。吾曾经以为是扶桑。吾乡湖扶不分，湖读如扶，故有此误。扶桑有多意，均指地名。吾乡是著名的茧丝绸之乡。春夏秋三季，青翠的湖桑田是吾乡随处可见的风景。湖桑叶肥厚，发亮。阳光泼下，片片生辉。清风徐来，绿波荡漾。桑叶细语，呢呢喃喃。

《诗经》中有“十亩之间兮，桑者闲闲兮”的诗句，好像说的就是吾乡的桑田。

有的湖桑也结果子。青红紫黑，因时而变。黑者最甜，几可当饱。吾幼时曾在桑田里饱食之，至满嘴紫黑，衣衫尽染。

桑田里还可套种西瓜、冬瓜和菜瓜。夏天，队里分瓜，一家一堆，就像过节一样。

桑田里有野菜。荠菜特别多，也特别香。

桑田里有野坟。隆起的一块，长满了草，没有碑。那里的荠菜最多，因为胆小的人不敢去挑。

桑田里有野兔，有时突然窜出来，吓人一跳。很快又不知钻到哪个洞里去了。

吾幼时很少到桑田里去，但桑葚成熟时，挡不住诱惑，还是要钻进去。

湖桑当然是用来养蚕的。养多少蚕要根据桑田面积来推算。养少了，浪费桑叶。养多了，桑叶不够，前功尽弃。吾队一般春蚕要养几十张纸，秋蚕要少一些。所谓纸是指蚕蛾散卵的纸。从蚕种场领回来，一天天养大。一眠二眠三眠四眠，大约一个月，每天都要保障桑叶，一片也不能缺，少一点，它就不肯上山作茧，那蚕就白养了。吾记得有一年，算来算去，少了两天的桑叶，队长急得要发疯。桑田里只剩下光光的枝条，家前屋后的桑树叶子也被抹光了。怎么办？好在公社了解到十几里外的某队，桑叶有余。于是连夜组织人去采桑叶，总算救了急。听到蚕吃桑叶的沙沙声，全队的人才松了一口气。

中国是最早养蚕的国家。传说始自嫘祖，可能近五千年矣。五千年来，这样的惊慌，不知重复过多少回。能有多少次像吾队这样幸运的呢？

棉花

《诗经七月》云，“无衣无褐，何以卒岁”。宋朝以前，中国人穿的是丝麻织品。贵族着丝，平民着麻。汉字中没有棉字，只有绵字。绵是丝织品。苏东坡说“枝上柳绵吹又少”，他不会写成柳棉。棉花是宋元之际从海外引进的。它极大地改善了国人的生活。

衣食住行，衣是排在第一位的，居然比吃饭还重要，似乎有些不可思议。但细想一下，衣是人区别于一般动物，或者说是人之为人的本质特征。衣不仅蔽体保暖，还要遮羞挡丑，显然兹事体大，不啻生存，尤涉文明。缘此，棉花之重要，实无须论证矣。

幼时吾乡广种棉花。每个生产队都有粮棉比例，所谓以粮为纲，全面发展。棉花是属于全面发展之列的。从春天做营养钵、下种、移栽、施肥，到夏天打顶心、治虫、捉虫，到秋天拾棉花，似乎有做不完的活计，非常辛苦。

愉快的是收棉花卖棉花。供销社是全公社唯一收购棉花的点，远的用船运过来，近的干脆用担子挑过来。秋高气爽，卖棉花的排队定级称重开票结账取款，喜不自胜。

棉花入库，进入加工厂，脱去棉籽，变成皮棉。皮棉经由特制的打包机压缩打包，变成一个个标准件，一个可能有二百斤重，然后装船外运，支援国家建设去了。

至此，棉花在吾乡的生产流程始告完成。

为棉花捉虫，是吾幼时难忘的经历。夏天，棉花开花，先是白的，而后变成紫红，很快凋谢，结出棉桃。此时，温度湿度，正多虫害。有一种棉铃虫，专吃棉桃。似乎百药不侵，无药可治。生产队只好用人工捉之，每人拿一只盐水瓶子，一株株检查过去，捉将过去，一天下来，可得虫数百。傍晚，倒出虫子，归好堆，由生产队会计一一清点，以虫数记工分。其时，吾读小学，放学回家即入棉田捉虫子，为父母多挣几个工分。棉花几乎与吾同高。夏日无风，闷热无比，人在其中，汗流浃背，几欲虚脱。

秋天拾棉花，就像打仗。有时预报有雨，更要抢时抢收。棉桃绽开就是棉花，远远望去，一片雪白。四年级时，学校组织学生到公社农科所帮助拾棉花。农科所离家有八里地，我们列队来回就费了近三个小时，中间二个小时，每人拾了一畈田，我们排成一行，同时前进，比谁拾得又快又干净，哪里还顾得上棉花壳棉花枝的戳人？晚上回到家，几乎累趴下了。

吾乡虽是产棉大县，但那时买衣扯布都要用布票。十岁那年，供销社来了一些不用布票的衣服，吾家近水楼台，为我买了一件棉袄。里外都是碎布条拼的。里子是毛巾条，外面是黑布条。每条都是一寸宽二三寸长。母亲很佩服工人的手艺，戏称为百衲衣。这百衲衣，吾一直穿到初中，起初当大衣，后来才合身了。

交通部

乡路

幼年吾乡路分几等，最大的是公路，县际之间才有；其次是马路，只有城里的才叫；再次是大路，一般伴随渠道，又次是“岸子”，即田埂。田埂称为“岸子”，可能是水乡特有的习惯。生产队里一个庄子十几户人家，只有“岸子”相连。如果要出生产队，可以有大路，多沿着灌溉渠。大队之间，公社与公社之间，起初也只有这种大路，后来才修了公路。

这样的交通状况与秦汉时期似乎差别不大。古时有驿道，现时有公路。此外就是大路小路织成的网，可能密度不太一样罢了。

吾幼时上学走的多是“岸子”以及一小段大路。不论“岸子”还是渠道，都是泥路。晴天尚可，雨天泥泞，如膏药一样粘稠，一步一滑，很难保持平衡。城里的知青下乡，雨天曾经连跌三个跟头，一身泥巴，传为笑谈。夏天干脆赤脚，烂泥从脚趾缝里挤出，有种奇怪的感觉。冬天太冷，没有雨鞋，就在鞋子下面再绑一双厚厚的木屐，像踩高跷似的踩到学校。

从吾乡到城里有七八里的大路，路的一边是灌溉渠，长满了笆斗柳。白天，路上南来北往的都是人，有骑车的，有推车的，有步行的，很是繁忙。一到夜晚，黑灯瞎火，路就空寂下来，丛丛笆斗柳里似乎都藏着危险。尤其这条路还要经过一个乱坟场，着实怕人。而野狗的叫声，更添了许多恐怖。

某年冬，父亲白天到县里开会，迟迟没有回来。母亲不放心，一手拿根打狗棍，一手拉着我去接父亲。那夜，天上没有月亮，手上没有电筒，伸手不见五指，对面相逢，难识其面。偶尔感到有人影越来越近，母亲就咳嗽一下，但对方却没有反应地走过去了。我们继续向前。一会儿又有一个人影，母亲又咳嗽一下，还是没有反应。如此五六次，我们走了三四里路，才迎到了父亲。见到了父亲，我的胆子才大起来了。

吾在这样的乡路中生活到十六岁，生活才开始有了变化。公社到县城的这条大路终于改成了公路，尽管还是沙石路，但是骑着自行车在上面飞奔的感觉真好。

帆

西大河，是从东边海边上过来的，串起了十个盐场，所以又叫串场河，在我家西边，由北向南，汇入通扬河。而通扬河是连着长江的。它是吾乡的主航道，不同于其他的沟沟塘塘，所以乡人名之为西大河。

西大河上往来的船只很多，摇橹的，划桨的，撑篙的，背纤的，张帆的，都有。帆船一般都是大船。帆布是一种特制的粗布，用桐油油过了，白色的底，泛黄。风吹雨打，有的成了褐色。帆布的周边锁了亮亮的扣子，帆绳从中穿过，挂在桅杆上，是为张帆。桅杆上有一机关，只要一拉绳子，又可以随时落帆。吾没有行过船，不知道如何驾驶帆船，以适应风向。

吾幼时常见帆船从河上经过。秋冬，北风多，帆船由北向南，逆水，缓缓地。春夏，南风大，帆船由南向北，顺水，速度就快多了。印象最深的是下午放学时夕阳中的帆影。近处的田野，远处河边的树梢，以及树梢之间逡巡的帆，多美啊。冬日里，感到的是温暖；夏日里，感到的却是清凉。同样的帆影，为何会有不同的感受？

吾虽然很少坐帆船，但是在南来北往的帆影中度过了童年。

后来读到李白的诗，“孤帆远影碧空尽，惟见长江天际流”，对其中的诗美就多了一种切身的感受。再后来，又读莱蒙托夫的《帆》，对于其诗眼就觉得有些深奥，“而它，不安地，在祈求着风暴，仿佛在风暴中才有着安详”。帆祈求风，理所当然；祈求风暴，是何道理？

独轮车

吾乡叫推车，读如驱车儿。幼时看电影《车轮滚滚》，感到很自豪，那电影上的滚滚车轮，原来吾乡也是有的。陈毅说，淮海战役的胜利是人民用小车推出来的。这个小车就是独轮车。

独轮车是农家必备的工具，再小的路都能走。既有交通之便，又有运载之利。收稻打麦子要用独轮车推回家。卖壮猪，要用独轮车送出去，一车能装两头。旧时乡间娶媳妇或者新媳妇回娘家都要用独轮车。左边带着彩礼或行李，右边坐着新媳妇。新郎在后边两手把住车辕，颈上挂一根帆布带子，娴熟地往前推着，一路吱吱呀呀。世上还有比这更幸福的劳作吗？没有了。

路上往返的还有这样的景致。一辆独轮车上，一边是新买的儿窠，一边是八九根竹子。儿窠是红漆的，里边装了鸡蛋和馓子。竹子是新挖的，连根，系着一根红带子。一看就是送月子礼的。谁家婴儿满月，娘家必送月子礼。竹子要移栽到主家的后园。竹子竹子，祝子也。可能还有另一谐音，筑子。筑在吾乡方言中有牢靠之意。祝子筑子，都是祝愿孩子健康成长也。

独轮车是祖辈传下来的技术。究竟起于何时，创于何人，已无可考。有说黄帝发明了轮子，有说诸葛亮发明了独轮车——三国中所谓木牛流马也。其实，皆是想当然耳。考古发现，至迟在西汉就有独轮车了。不仅有文字，还有图画为证。如此，独轮车伴随国人已有两千多年矣。

《后汉书》中有“共挽鹿车”的佳话。渤海人鲍宣穷而好学，其妻出身富贵，却“悉归侍御服饰，更著短布裳，与宣共挽鹿车归乡里”。有人说鹿车，即独轮车。鹿，即辘轳。辘轳，即轮子也。果如此，倘在吾乡，鲍宣妻其实用不着挽车，是可以坐着车子回家的。

自行车

中国是自行车王国，举世公认。自行车是舶来品，人尽皆知。

然而，第一个造出自行车的，却是康熙年间的扬州人黄履庄。据《清朝野史大观》记载："黄履庄所制双轮小车一辆，长三尺余，可坐一人，不须推挽，能自行。行时，以手挽轴旁曲拐，则复行如初，随住随挽，日足行八十里。"相似的两轮小车，法国人要到一百年后才创制出来。

自行车，吾乡又叫脚踏车、钢丝车、二轮车。吾幼时，自行车是凭票供应的。无钱不用想，有钱也难买。"三转一响"，自行车首当其冲，但许多人可望不可及。一个生产队有一两辆就不错了。南庄堂伯在县邮局工作，他有一辆配发给邮递员的自行车。车身是绿色的，大杠之间的帆布包也是绿色的，很让人羡慕。

那时，自行车有轻重型之分。轻型的又叫跑车，小巧玲珑，直径 26 吋，一根支架，可以斜撑着不倒；重型的，厚实硬铮，直径 28 吋，轮胎也有差别，支架是两条边的，很稳。

乡下多用重型车，不仅驮人，还要驮物。路上经常可以看到自行车驮着壮猪前进的情景。后来吾乡“百万雄鸡下江南”，乡人也是骑着装满鸡笼的自行车，直扑上海。

当然，最壮观的还是迎亲的自行车队。一般是六到八辆自行车，车后架上用一到两根扁担绑好，然后装上各种嫁妆。几床大红的被子、三十六条或四十八条腿的各式家具，简直就是一支搬家的队伍。一路轰轰烈烈地驰过，引得路人避让，乡人眼热。这阵势一点也不亚于现今娶亲的汽车车队。第一辆车一定是新郎驮着新娘。那新娘头上扎着花巾，坐在车后，一手紧张地抓住车座，生怕摔下来。少顷，新郎故意在路上“扭麻花”，车子左摇右晃，险象丛生，新娘只好用手搂着新郎的腰。路人不禁哈哈大笑。

吾自幼酷爱自行车。吾一伯父每次骑车来看祖母，吾就将车推到队场上玩。

一次，两次，推着推着，就推熟了，有了车感了。吾居然能够从大杠中间去踩脚踏了。一下，两下，踩着踩着，自行车真的“自行”起来了。乡人谓此为“掏猫洞”。

吾八岁学会自行车，很自豪。祖母见我在队场上骑得飞起来，笑得合不拢嘴。她有八个孙子，吾排行第五，但第一个学会了骑车。吾以为学自行车就是一种平衡能力，比学游泳简单多了。

小学毕业的时候，父亲买了一辆二手车，花了一百元。这在当时绝对是一笔巨款。此时，吾已经从“掏猫洞”，改为骑大杠了。再后来，只要将座位降到最低，吾也能在车座上骑车了。

不知不觉，吾在学骑自行车的过程中长大了。

那一年，祖母病重，需要吸氧。公社医院的氧气居然用完了，只能到县医院换氧气袋。从家到县医院足有十几里路。吾和一位堂兄骑着车挟着氧气袋在路上来回穿梭，完成了一场生命的接力。

还有一次，骑车送妹妹参加高考。临到考场发现竟然没带准考证。吾二话不说，掉头回家，硬是在二十分钟内取回了准考证。来回路程足有十公里，吾骑车的时间只有一刻钟，还是在乡间的沙石路和泥路上。

现在，中国这个曾经的自行车王国，也已跨入了汽车时代。在许多地方，自行车主要成了健身工具。吾一好友迷上自行车运动，不仅骑遍中国，还要骑遍世界。每每看到他的英姿，吾竟恍惚不知身处何世耶。

轮船

轮船是水乡的公共汽车，又叫班船，每天从码头定时发船。码头有候船室。买了票就可以等船。通扬河、通榆河、串场河，都有航班。城里大码头在通扬河边上，从那儿上船，往北，要进入串场河。通扬河入串场河，是由上河到下河，必须过一道船闸，船在河中需多花一个小时排队。中学时读地理，知道这道船闸很重要，是长江三角洲与里下河地区的咽喉所在，闸上，是三角洲，闸下，就是里下河了。

沿河经过各乡都有小码头，就像公交车站，设施很简陋，一室一人，卖票检票，能上下人货而已。

吾幼时随祖父祖母坐过几回轮船，印象中都是在冬天，轮船不大，舱中能坐三四十个人。其格局虽小，却与吾后来到上海读书坐过的江轮统舱相似。人货混装，鸡飞狗跳，味道也不好闻。

轮船是当年河面上少有的机动船，时速二十公里左右，带起的波浪，涌到两岸，有半尺高。有时岸边有正在洗衣的姑娘，船工就噢噢叫两声，提醒她赶快避让。其实轮船的马达声已经够响，且可以鸣号，根本用不着船工的人声。

虽是冬天，坐在船中，看两岸的景色在迅速地移动，却别有风光。远处的杨柳残叶尚未落尽，几只灰喜鹊惊飞起来，掠过河面，飞到对岸去了。

随着交通的发展，公路代替了水网，轮船早已退出了乡人的生活。然，想起它，这一切都像是褪色的视频时时在吾记忆中回放。

东河桥

吾乡水多,自然桥多。

早年的桥多为木桥。桥桩桥梁桥板都是木头的。高近两丈,宽三尺余,长短随河宽不等。桥面多与路平,没有栏杆,人走在上面,桥板一晃一晃的,妇孺胆颤。

吾家东侧有一条河,河上即有一座这样的木桥,乡人呼之东河桥。河东河西分属两个大队,东河桥是连接两个大队的唯一通道,人来人往,不得空闲。走亲访友的,买肉打油的,都要从桥上过。更有带着孩子的,搀着老者的,自是小心翼翼。有时在桥中间交汇,就要侧身,生怕掉到河里。后来有了自行车,大多下车推着过桥。也有胆大老相的,一路骑行,不肯下车,颇有点炫耀车技的意思。

河的两边都是桑田。桑田里多野草。放学回家,我们都要挑猪草。有时河东的孩子会挑到河西来,有时河西的也会挑到河东去。有时被发现,就免不了干上一仗。或者,迅速从桥上撤回自己的地盘,蹲在桥的两边,互相扔起了泥块。一些泥块掉到河里,砸碎了桥在水中的影子。激战犹酣,不觉日沉,直到家中大人喝止,方才收兵回家。

夏天，庄上的孩子经常下河洗澡。洗澡即游泳。方言中似乎没有游泳一词，都叫洗澡。胆大的，就从桥上跳下去，激起的水花越大越显本事。游累了，吾喜欢在水中抱着桥桩休息。桥桩上有青苔，还有淡菜。淡菜，本应长在海里的，不知为何却长到了河中的桥桩上。摘下来，洗干净，可以炒出一盘美味。

秋冬时节，桥面打霜。过桥需倍加小心。如果下雪结冰，则只有勇士敢于过桥了。某年冬，一姑娘由上海回乡探亲，走到桥上，向下一看，吓得一身虚汗，立马蹲下，半天不敢动弹。最后，只好哭着爬过了桥。

桥的两侧有几棵树。柳、桑、楝，还有叫不出名的杂树。此外，是丛生的芦竹，不知长了多少年. 芦竹根护着河堤，无忧塌坡。春夏秋冬，它们变换着颜色，变成了记忆中永远不变的景色。

因了这样的景色，后来读到司空曙的《板桥》，倍感亲切。“横遮野水石，前带荒村道。来往见愁人，清风柳荫好”，其情其景仿佛就在眼前。再读到温庭筠的“鸡声茅店月，人迹板桥霜”，更是叫绝，也理解了兴化的郑燮为何自号板桥。

其实，板桥即木桥，可能是最平常的桥，水乡有，山乡也有，所在多有。中国叫板桥的地名数不胜数。板桥简陋廉价，却有一种古朴的美。千百年来，它承载了多少旅人愁思，就承载了多少诗情画意。

三角桥

吾上学开蒙以后，吾乡陆续开河。一横一竖两条河，竟在吾家北侧汇成丁字口，生生将吾队一分为三矣。

分则分矣，偏偏吾队又是公社所在地，供销社商店粮站均云集于此。此等政商要地，岂可瓜分豆剖？造桥，造桥，势在必然。

造桥方案有二：一是造两座桥，连通东西南北；二是造一座桥，架于丁字河口，将三块地重新联为一体，是为三角桥。

三角桥？谁曾见过？

古往今来，人们见过大桥、小桥、拱桥、平桥、木桥、石桥、铁桥、钢桥，想象过金桥、天桥，应该都是一桥跨两头的。三角桥，闻所未闻。

幸而天才的工程师，遇到了英明的决策者。经过一年时间，一座仅用砖头水泥黄沙和石子的三角桥，稳稳地座落在丁字河上。竣工的那天，“天际炮”响彻云霄。

从此，有人问我家在何处？吾总是骄傲地告诉他，家在三角桥南边。

夏夜乘凉，吾最喜欢坐在桥中央，河风吹得蚊子在身上都站不住，爽。

三角桥三足鼎立，三拱合璧。风光无限，无限风光，引来了城里的摄影师。

某年秋，东北角的粮站，运来了大批茅竹。工人们搭起了一座四五层楼高的竹塔，摄影师登上塔顶，用大喇叭指挥桥上桥下的群众演员。桥上，一路姑娘挑着蚕茧，一路小伙子挑着满箩的稻子，还有一路用自行车驮着壮猪。几台运着棉花的拖拉机突突直响。桥下，吾队粮仓的草屋顶上早就用石灰刷上了八个巨大的美术字：以粮为纲，全面发展。不用说，这将是照片的点睛之笔。

在摄影师的指挥下，人们从桥下走到桥上，又退到桥下，反反复复好多次，终于大功告成。

据说，这张照片是要到北京参加全国农业展览的。吾在县文化馆举办的预展上，看到过它。那上面有一个男孩在桥南的冬瓜地里，抱着一个大冬瓜，很吃力的样子。细看下来，那小子长得确实和我一模一样。

迎九桥

“我吃过的盐比你吃过的米多。

我走过的桥比你走过的路多。”

这是乡人抬杠时常有的对话，一个不服一个。以走过的桥多傲人，足以说明桥在吾乡其实是太普通太平常了。当然，换一个角度看，也可以说太重要太不可缺少了。

水乡里何处无桥，又岂能无桥？不过，走过的桥太多，能记住的却屈指可数。

有一座迎九桥，不思量，自难忘。

迎九桥是为迎接九大召开而建的，在吾读书的小学西南边。它是吾乡最早的水泥拱桥之一。桥宽约五米，长约三十米，两边有栏杆，两头有桥柱，很是气派。水泥桥柱上刻着两副对联，一副为：四海翻腾云水怒，五洲震荡风雷激。另一幅为：独有英雄驱虎豹，更无豪杰怕熊罴。桥下各有两个桥洞，可以躲雨、打牌。此桥紧邻公社东侧，承担了半个公社的交通任务。行人、自行车、板车、拖拉机往来穿梭。

吾小学里每天上学都要从桥上走两个来回 。中午放学，回家吃饭，腹中响如鼓，浑身冒虚汗，饿的。上坡时，两腿无力，就埋怨这桥造得太高了。更吃力的是拖板车的，板车上装满了东西，太重。那时学雷锋，我们经常在桥头做好事，帮人推车。推到桥上，得一声谢谢，心中快活半天。

某日，有人在东边的桥柱上发现了粉笔写的反动标语，接着又有人在学校的电线杆上发现了同样的标语。报案的是一个比吾大好几岁的留级生，我上五年级了，他还在上三年级。学校如临大敌，不敢隐瞒，赶快上报。

县里来了警车，车上下来了警察，警察拍照取证，要求每个人在黑板上写字，对笔迹。结果终于有了，原来，报案的即是作案的。

恶作剧的后果很严重，警察将那留级生带走了。同学们站在操场上，看着警车驶上了迎九桥，又驶过了迎九桥，老远还能听到它的呜呜声。

渡口

写渡口的诗很多，吾最喜欢的还是韦应物的这首，“独怜幽草涧边生，上有黄鹂深树鸣。春潮带雨晚来急，野渡无人舟自横。”它写的虽是滁州西涧，但“可怜风物似吾乡”，其与吾乡的渡口并无二致。

吾乡水多，渡口也多。有渡口的地方本应有桥，但造桥太贵，只好摆渡。有的渡口在河上拉一根绳子，摆渡人站在船头拉着绳子来回。更多的是用竹篙撑船。河不宽，几篙子起落，就到对岸了。两岸码头往往筑在缓坡上，十几级台阶铺了砖头，有的则长满了巴根草。渡口两边总有一两棵树，既可拴船，又作标识。远远望去，就知道渡口所在。而今想起，则是一道定格在记忆深处的风景，濡染了唐诗宋词的意蕴。

夏天的渡口，风情满满。年轻的媳妇回娘家，免不了被船工打趣。水性好的小伙为了省下二分钱船费，有时干脆头顶裤子踩水过河，不时引来喝彩。

幼时乘渡船，多在过年走亲戚时。若是水泥船，比较稳；如果是木船，上船下船，就要小心了。冬日的渡口不似夏天，天寒地冻，河风呼呼，更冷三分。人们缩手缩脚，站在船上，话也被冻没了。船工撑篙，一手一把冰渣。有时河面结有薄冰，船到处，冰裂吱吱。好在吾在水乡长大，对船有种先天的亲近感，任其荡漾，从不晕船。

也许是幼年乘过渡船的底子，吾后来坐过江船海船，渡江渡海，从无畏惧之色，并且生出感慨：人生如渡，自渡渡人，从此岸到彼岸；人生非渡，渡人渡己，均无回程。即使吾乡的渡口，也只在于对少年的回望中矣。

文娱部

墨

三年级时，学校让我们学毛笔字。每人准备一个小砚台，一根墨条，一支笔。纸，是学校统一发的描红簿。如此文房四宝全矣。

学书，先练磨墨。祖父写得一手好字，他说磨墨可以增加腕力。吾却没有耐心，磨几下，就以笔试之，结果发现太淡，只好再磨。有时咬着牙用劲加速，看着墨渐渐厚了，却不小心弄泼了。可见吾幼时多么毛躁。

不久，批林批孔。学校要出墙报，老师就找了几个写得稍为像样的同学用毛笔抄大字报。吾有幸被选中。抄大字报，用的是买来的墨汁，只求快，不求好。结果写坏了。用祖父的话说，不曾会跑就要溜，怎么行？

居然有人将写毛笔字与孔老二联系起来。祖父胆小，也不敢教吾写字了。吾也乐得快活，不再磨墨了。

祖父有一块陈墨，可能还是清朝宣统年间的，平时包了又包，绝不肯用。每年春天，四乡八村的小孩，有得了腮腺炎的，就由大人带着，来找祖父，请他用陈墨“窠蛤蟆”。所谓“窠蛤蟆”，是我推想的写法，即用墨汁涂在患处。因其形如蛤蟆，故名也。祖父有求必应，磨很浓的墨，用毛笔在小孩肿得发亮的腮帮上涂了一圈又一圈，口中还念念有辞。祖父关照，三天之内，不得洗掉。那大人带着小孩千恩万谢地走了。

过年总要贴春联。一到腊月二十，祖父就忙碌起来，左邻右舍的都挟着红纸来找他写春联。有的不仅要写大门房门的，甚至连猪圈鸡窝门口的，都要写。当然，这时祖父是舍不得用那块陈墨的。

墨，究竟是什么东西做的？为何还能治病？某年，吾到皖南一游，在胡适故居的隔壁，偶然看到一家制墨的作坊，始解吾多年的困惑。

店家说，墨由油烟或松烟、明胶及芳香药料加工而成。陈年老墨能够止血凉血，可以当药。他让吾试嚼之，吾只觉黏黏的，舌尖上自有一股清凉之气。

晒书

书是不能晒的，晒了容易脆碎。但每年六月六，吾乡却有晒书的传统。当然有书的人家并不多。晒书的人家，也没有几本书。

祖父当过塾师，父亲读至初中毕业，两代人积了两捆书。没有书房，也没有书橱，就做了两把桑木钩子，将书捆起来挂在堂屋的二梁上。堂屋与灶间是连着的，一天三顿，烟熏火燎，挂在梁上的书不仅落满灰尘，且有烟火之色矣。

六月六，一般都是晴天。经过了漫长的梅雨，老天终于出太阳让人间去去霉味了。中午，父亲就会在门外用凳子支起笸篮，然后取下书，一本本摊开在笸篮里。

有些书其实已经上霉了，他就拍拍吹吹，再放到笸篮里。有的已经泛黄，有的纸已经发脆，有的掸去了灰尘还有七分新。吾至今仍记得，中午太阳底下的书，很晃眼，不能直视。

大约一个时辰，父亲又将书收起来，捆好，挂上梁去。

这些书总共不到五十本，比较杂，小说、散文、杂文，文学类的居多，也有农业科技。吾直到小学毕业后，才有机会陆续读到它们。

印象深的有鲁迅的《朝华夕拾》和《华盖集》，郭沫若的《李白与杜甫》。还有一本繁体字的《随园食单》，这是祖父喜欢的书，当时读之似懂非懂，但觉开了眼界，原来文章还有这样写的。

有一本书，没有封面也没有封底，父亲不让读。可是吾看了两页，欲罢不能。于是偷了书，躲到草堆旁读完了。这就是冯德英的长篇小说《苦菜花》，在当时还是禁书。

读书，为吾作文增色不少。记不清在鲁迅的哪篇杂文中，吾学会了“迅跑”一词，即活用在公社的作文比赛中。吾记得最后一句写的是“在向四个现代化进军的道路上迅跑迅跑!”，现在看来，有点恶俗，但在初中时却被视为大有文采。那篇作文居然得了第一名，老师讲评时，大加表扬了一番。

读书大有裨益。可是可读的书太少了。初中如此，小学时更可怜。即使“画书”也没有几本。供销社常常把连环画排在玻璃柜台里卖。吾居然看中了其中的《红灯记》，封面是李玉和手举红灯的剧照，这对小学三年级时的我特别有吸引力。吾像中了魔似的想买这本书，可是一本书要一角多钱！吾挑了二个月的猪草，才让母亲买了这本书。有了这本《红灯记》，吾与同学交换，至少看到了十几本画书。

现在，吾有一屋子的书，却常常望书发呆。如果早年，吾能有这些书，该多好啊。

扬州评话

吾幼时，泰州隶属扬州。吾乡毗邻泰州，当然也可说是扬州的邻居。事实上，吾乡与扬州方言相近，语音相通。比如，扬州评话在吾乡亦广受欢迎。

评话，吾乡称为说书。吾最初是在广播里听说书的。小学时，有一年，每天早晚，广播里几乎都有扬州评话，具体内容记不太清了，好像三国或者水浒。吾听得上瘾，有时停电，错过了，真是急死人了。

初中到城里上学，见了世面。县文化馆居然有扬州评话演出。那时电影票 5 分钱一张，但是说书的要两角钱一张。吾狠狠心买了一张票，听了一场书，讲的是“陈毅三进泰州城”的故事，说书的人艺名叫小陈。他穿一件长衫，拿一把折扇，在一张小台子后，一口气讲了一个多小时。绘声绘色，神采飞扬。从此吾对扬州评话有了直观的认识。

某年春节，在城里教书的堂姐来家中拜年。吾发现堂姐夫说话之间颇有点说书先生的味道。他们走后，吾对父亲说出了这种疑惑。父亲笑起来，说，他们家就是说书的，传代。

原来堂姐的公公就是著名的扬州评话艺人，著有一本叫做《清风闸》的大书。吾找到这本书，一看才知，《清风闸》就是皮五辣子的故事。皮五辣子在吾乡是有群众基础的，什么皮五辣子楦房子，皮五辣子当活宝，都是口口相传的段子。这本书吾至少读过三遍，常常忍俊不住，时时捧腹大笑。

高考的那一年，县广播站每天晚上播出扬州评话《武松》。许多同学只顾复习，无心听书。吾却是每天必听，不肯错过。即使高考的那三天，吾每晚都要听一段“武松”，才能安心。

电影船

这是县里农村放影队的船。船不大，有木头的，有水泥的。船体的一半搭了拱形的棚子，就像江南的乌篷船。棚子多用木头，也有用竹子和芦苇的，上面贴了各种电影海报。海报的边沿，新旧重叠，看得出一条船的资格。有的用篙子撑，有的船尾装了挂桨机。

水乡里路难走，行船却方便。一条船两个人，带着发电机、放映机、幻灯机、拷贝、银幕、喇叭、电线等，就可以到四乡八村放电影了。

电影是露天的，只能放夜场。一般夏天放得多。冬天太冷，吃不消。放一场电影十块钱，由队里出。太阳落水的时候，放映员就竖起了两根茅竹，张开了银幕，挂起了喇叭。又到某家借一张方桌，支起放映机，但等天黑。

放电影的这天，家家都要早点吃夜饭，然后搬了凳子到队场上抢占位子。去晚了，只能站着看。再晚，就要站到银幕后边的田里，看反电影了。

电影之前先放新闻简报。新闻简报之前，先放幻灯片。幻灯片的内容多是当年的标语口号。

吾幼时喜欢挤在放映机旁边看电影，那是全场最佳的位子，虽然电影机滋滋的声音有些干扰。吾发现了一个秘密，幻灯片在机子中的方向都是倒过来的。不然，银幕上的内容就是反的。据说，当年某放映员忙中出错，将毛主席的画像放反了，结果了得，不啻丢了饭碗。

当年电影实在太少。《地道战》《地雷战》《渡江侦察记》《南征北战》《侦察兵》《难忘的战斗》，翻来覆去地放。其中《侦察兵》，吾看了十五遍，许多台词都能背出来了。有时一晚放两部，还要搭上一部样板戏。样板戏唱得太慢，许多人没有耐心，回家睡觉去了。

有时片源紧张，一晚上要放几场，就要跑片。《洪湖赤卫队》开禁后，一部片子放五场，有的下半夜才开始，几乎放到天亮。吾记得有一次已经看不清银幕上的内容，只能听完了电影。跑片，用三轮摩托。有时路上出了问题，接不上了，只好干等。看电影干等的时候最难熬，猫爪抓心似的，真折磨人。当然，借看电影相好的，另论。

一地放电影，方圆几里的人都会赶来。吾幼时也曾多次跟着堂兄堂姐们到别的大队看过电影。那种黑夜里走路深一脚浅一脚的感觉，现在的孩子是无法体会了。

1895 年，世界电影诞生了；1905 年，中国电影诞生了，只差了十年。然，至吾幼年看电影时，我们又落后了多少年？于今想起，犹扼腕不止。

二胡

二胡在吾乡高低两头，落差很大。

处于高端的，当然是文娱宣传队的二胡。特殊的年代，公社、大队都有文娱宣传队。文娱宣传队少不了乐队，乐队少不了二胡。不，岂止少不了，二胡简直就是乐队的灵魂！

处于低端的，拉二胡，被视为讨饭交易。平时，吾乡街头有人拉二胡讨饭；过年，也有拉二胡的走村串户登门乞讨。久而久之，二胡总是给人落魄的印象。

吾幼时曾经对二胡发生过强烈的兴趣，差点学起了二胡。某年，公社举行文艺汇演，那是一乡的大雅之堂。吾挤到台前看汇演。二胡独奏《浏阳河》让我敬佩不已。拉二胡的是我的中学老师。

其时，我刚上初一，萌生了学二胡的念头。老师姓周，戴个眼镜。他看了我的手指，让我试拉了一下，要我回家准备二胡。

回家一说，被母亲浇了一盆冷水，不要说没钱买二胡，就是有钱，也不学这个讨饭"交易"。

从此，吾与二胡无缘矣。

虽与二胡无缘，但对二胡的喜爱却依依不舍。上个世纪九十年代，我创作电视剧《刘天华》将对二胡的热爱融入其中，也学到了更多关于二胡的知识。

二胡原产西域，最初应该是草原部落的乐器，但却演化成了江南丝竹的代表，甚至成了我们民族心灵的“代言人”。其间的神奇和缘由真是说不清道不明。无论你在哪里，听到《二泉映月》，听到《江河水》，听到《良宵》，听到《光明行》，或悲或喜，你都会有强烈的共鸣，觉得它是从我们自身血管里流出的。

中国人对二胡的领悟力几乎是先天性的，可能已经植入基因了。其中二胡在民间的普及，功不可没。事实上，身为中国人，谁没有听过二胡曲？而且，二胡是廉价的，简易的，很容易得到。

吾舅拉得一手好二胡，几乎会用二胡说话。他小时就是自己捉蛇剥皮做二胡的。他拉二胡据说是无师自通，拉着拉着就会了。

可惜吾没有他那样的激情和巧劲。

笛子

笛子有多种，以吹奏分，竖者为箫，横者为笛。以材质分，有骨笛、玉笛、竹笛等。以民族分，不同民族的笛子亦各有特色，比如羌笛、藏笛、侗笛、蒙古笛等，其中羌笛因为李白一句“羌笛何须怨杨柳”，最为有名。

考古发现，骨笛已有七千年历史。太史公曰：“黄帝使伶伦伐竹于昆溪，斩而作笛，吹作凤鸣。”如果属实，竹笛已有四千多年历史了。

吾乡似只有竹笛。吹笛子的人不多，吹得好的都在文娱宣传队里。演出时，有时伴奏，有时独奏。好像只有男的吹笛子。吾幼时没有见过女笛手。

与二胡长于抒发悲情不同，笛子悦耳，音色悦人。无论节奏快慢，总是让人愉快。那时听得多的是样板戏，公社宣传队的小伙子，笛子独奏《打虎上山》每次都能赢得如潮的掌声。

吾一堂兄善于吹笛，似无师自通。起初不成曲调，很是烦人，后来，吹着吹着，就有感觉了。他学笛子，是想进入公社宣传队的。

笛子是从街上百货公司买的，长过尺，上有八个孔，似漆过，有几道暗红的圈圈，显出不同于一般的竹管来。

笛子上有一孔，必须贴膜子，叫膜孔。笛膜是芦苇里的膜子做的。没有笛膜，再好的笛子也吹不出好音。笛膜似乎没有卖的，只能自取。好在吾乡河边长满了芦苇，砍一根，取下来，可用好多天。吾曾经陪堂兄到河边砍芦苇取膜子。他将膜子放在一个空的火柴盒里，每次只取指心大的一块，用唾沫沾在膜孔上。

吹笛子，不是一件容易的事。吾曾经讨来吹过，不得其法，吹不出什么动静来。但到了堂兄的手里，就出神入化了。一连串的音符，既成曲调又有情，不由得让人呆了。

夏夜，众人扎堆乘凉，起哄，要听笛子。他就吹那首“小小竹排江中游”。众人不过瘾，要求再来一首，又吹《唱支山歌给党听》。

众人品评，吾兄吹得已不比宣传队的某某差了。他对前程亦很有信心。

可惜，宣传队很快解散了，不然，以他的笛子，是可以换一口饭吃的。

笛子，并非吾乡特产，但是乡人对笛子的喜爱，却不输于他人。某年，吾在城里读书，邂逅了一场高水平的笛子音乐会。好像是上海来的演奏家，叫陆春龄，在县文化馆或是影剧院演出。盛况空前，说万人空巷，有点夸张，一票难求却是真的。

吾已记不清是如何得票进场的，但陆春龄演奏笛子的神奇记忆犹新。笛子不是笛子，似乎会说话，比舌头还要灵活。中间一段炫技，模拟出各种鸟叫，确有百鸟朝凤之感。

吾以为，倘伶伦再世，不过如此吧。

玩 具 部

风筝

又叫纸鸢。初中以后，经常在《少年文艺》之类的杂志上读到这样的字眼，好像特别入诗。但吾不识鸢字，更不知道它就是风筝。

吾幼时没有放过风筝。直至小学毕业，“文革”才告结束。在我应当放风筝的年龄，风筝是被作为“四旧”而禁绝的。吾乡是中国的四大风筝之乡之一，民间有许多风筝传人。为了不让祖传的手艺绝掉，他们在家悄悄制作风筝，然后在深夜偷偷放风筝。好在风筝是有哨子的，夜深人静，他们凭风筝的哨子声，判断风筝的高低远近。自风筝问世以来，须要深夜偷放，堪为千古奇闻。

风筝在吾乡经久不衰。母亲说她的哥哥我的舅舅小时是制作风筝的好手。他自己砍竹子，削竹子，烘竹子，做成风筝骨子，再从学校捡来打坏的乒乓球，做成哨子。他做的风筝，飞得又高又远，而且特别响亮，十分好听。吾仿佛看见一个少年，在春天的麦田里奔跑着。他昂首送目，远处的高空是他放飞的风筝。

说风筝是墨子或鲁班发明的，可能有些牵强。只能说可能创意于墨翟，成型于鲁班。因为，至少要在蔡伦发明造纸术以后，才能有真正的纸鸢，那已经到了东汉。

纸鸢是无声的风筝。唐代，儿童放纸鸢已在民间流行，有一《纸鸢赋》十分形象生动：“代有游童，乐事末工。饰素纸以成鸟，像飞鸢之戾空；翻兮将度振沙之鹭，杳兮空光渐陆之鸿，抑之则有限，纵之则无穷，动息乎丝纶之际，行藏乎掌挥之中……”写活了放风筝的奥妙。

风筝是有声的纸鸢。要到五代才得以出现。据载：“五代李鄴于宫中作纸鸢，引线乘风为戏，后于鸢首以竹为笛，使风入竹，声如筝鸣，故名风筝。”

宋代，制作风筝已经专业化职业化，文人墨客亦将其作为艺术创作的题材。《清明上河图》中就直接绘有放风筝的场景。

明清时代，风筝进入鼎盛期，在大小、样式、扎制技术、装饰和放飞技艺上都有了巨大进步。扎绘风筝，放飞风筝，赠送亲友，均见雅致。徐渭画过多幅风筝画，曹雪芹写过专著《南鹞北鸢考工记》。

风筝也许是为军事而发明的。传说鲁班乘之以窥宋城，张良乘之以瓦解楚军，都是传说，不靠谱。稍为靠谱的是，侯景之乱时，梁武帝想用风筝调集援兵，结果被叛军射落，没有成功。

军事上的不成功，却彰显了娱乐上的成功。看似无用的风筝，受到了人们的青睐。这说明国人还是富有娱乐精神的。有人居然在娱乐之外找到了养生的功用，认为阳光春风中放风筝，极目蓝天，张口仰视，可泄内热也。

风筝是世界上公认的最早的飞行器之一。它承载了人类飞翔的梦想，这冲动也许来自滑翔的乳燕，也许来自飘飞的树叶，也许来自被大风吹起的布片。十三世纪，马可波罗使之传入欧洲。英国人视风筝为中国的第五大发明。后来当了美国总统的富兰克林用风筝捕捉雷电，发明了避雷针。这是风筝用上了正途。风筝的托举与飞机的升空同理。

风筝的不同造型，不同图案，都有不同的喻义。有的表示喜庆，有的表示吉祥，有的表示长寿，有的还宣示了中国梦。风筝已不啻风筝矣。

风筝可以娱乐，可以健身，可以科研，还可以祈福。风筝已然形成了文化，而文化的力量毕竟是强大的。现在风筝又风行起来了。一到春天，不仅乡村，即使城里的公园草地，也到处可见放风筝的人群。尽管有各式各样的现代化玩具，但风筝的魅力，似乎无可替代。吾相信，再过三千年，风筝还会飞翔在人类的天空中。

驱铁环

南京叫滚铁环，吾乡叫驱铁环。推敲起来，还是驱铁环更精当一些。

这是吾幼时的玩具。用一根钢丝或铅丝做成 U 型钩子，一头弯成柄，驱着一只铁环向前走，可疾可徐，可直行、可转弯，左右自如。铁环粗如水桶，用铁丝圈成。有的有接头，驱起来有疙瘩。有的干脆用旧木桶的底箍做成，箍比较宽，又没有接头，驱起来爽多了，但拐弯的时候难一些。

驱铁环是有技巧的。关键在平衡和控制速度。这技巧说起来容易做起来难，就像现在学驾驶，没有一定的公里数，不可能得心应手。

吾幼时是驱铁环的好手。三年级那一年，每天都背着书包驱着铁环上学放学。好在家离学校近，但早中晚三个来回，加起来也要走五公里。路是泥路，中间还有一座水泥桥，叫迎九桥，迎接九大召开时造的。上坡下坡，桥的两头水泥与泥路结合处，高低不平，都很考验驱铁环的技巧。尤其下坡，要控制速度很难，必须将手柄依着铁环，增加摩擦系数。

吾乡土地是黏土。一下雨，路就像膏药。放晴了，坑坑洼洼，高低不平。乡间的小路本就不宽，两边还长满了庄稼。有的路就成了一条线了。有的为了排水，还挖了缺口。在这样的路上驱铁环，没有真功夫不行。驱铁环贵在一口气推到家，不能停，不能倒，不准扶。遇到缺口处，要保持速度，用钩子轻轻挑一下，才能跳过去。吾至今仍能记得驱着铁环穿行在开满蚕豆花的小路上的情景，那蚕豆花真香啊！

放学后，有时小伙伴们还要在队场上比赛，看谁更快更远。平地驱铁环，往往越驱越快，人几乎小跑着才能跟上。有时还要比慢。慢比快更难。

也有高难度的。队场上有许多稻草捆，将它拉开，摆成梅花阵。我们驱着铁环绕行其间，曲里拐弯，谁坚持到最后谁赢。还有更难的，在两个碌碡上搁一张长艞板，在上面比赛驱铁环，这就像是走独木桥了。谁要是掉下来，就只好认输。

那时，吾对铁环真是着了迷了。记得到几里外的外婆家玩，吾都是驱着铁环去的。

打不死

学名叫陀螺，吾乡叫“打不死”，盖因用鞭子抽打，越打越转，越不死也。此名形象生动，远胜陀螺，故吾乡咸知“打不死”为何物，而鲜知其为陀螺也。

陀螺，明朝即有。《帝京景物略》载民谣：“杨柳儿青，放空钟；杨柳儿活，抽陀螺；杨柳儿死，踢毽子……”可见，大明朝的春天，帝都北京，是常常抽打陀螺的。

“打不死”，大小如鸭蛋。一头大一头尖，由圆柱和圆锥两部分组成。大头为圆柱，高约五毫米左右，便于鞭绳环绕和抽打也。多为木质的，亦偶有铸铁的。也有用砖头磨成的。一般的砖头嫌薄。吾乡旧庙的碎砖，虽破却厚，磨成“打不死”，正好。

吾幼时玩的是木头的。起初是木匠做的，别看它小，很费功夫，一定要正，要匀，否则重心不稳，不好打。后来有了木工厂，堂兄的舅舅用车床给我们车了几个，棒极了。我们如获至宝，整天揣在口袋里。

“打不死”的鞭子也很重要，直接关系到“打不死”的生命。要有一定的分量，要顺手。一般用竹竿或桑条作柄，长及尺，在一头系一根二尺长的布带子。布带子是易耗品，三天两头就会打坏。吾幼时曾为之苦恼不已。没有布带子，用碎布编成绳子，也将就。

用鞭子抽“打不死”得有巧劲和准劲，还得有耐力。没有巧劲，“放”不活它。所谓放，即用鞭梢围着其上部顺时针绕几圈，左手捏好，右手使鞭子绷紧，然后在地上猛然一放，打不死就转起来了。没有准劲，抽不中或者打歪了，“打不死”就会死。没有耐力，一会儿，就累了，右臂酸胀，不能持久。

当然，打熟了，就好多了，可以看着它转一会儿，等慢下来了，再补一鞭子。这样打出了节奏，始得其乐也。

打熟了，就可以炫技了。可以在空中直接放活之，不要蹲在地上；可以一鞭子打出老远，任意控制落点；可以站着用鞭梢钩之，让其死而复生；可以在地上划圈，比赛谁打得准。

幼时课间，在操场上打；放学了，在队场上打。打到天黑，不知归家。夏天月半之夜，月光如银，我们在月光下打。最奇妙的是冬天，小河结冰，冻得结结实实。我们在冰上打，一鞭子下去，“打不死”能转半天，似乎不打也不会死了。

那时有一首歌曾唱道，“夺过鞭子，夺过鞭子揍敌人”，我们打“打不死”的时候，经常唱着这句歌词，几乎把它当成敌人了。

而今思之，“打不死”是真正的朋友。其苦己乐人，诚可贵也。吾右臂之力明显强过左臂，吾手工之巧劲，当归功于幼年打“打不死”也。

手枪

游戏，是人类童年时期的遗存，也是每个人童年时期的必经课程。乡谚有谓，不玩长不大。有谁幼时没有玩过游戏呢？

一把手枪，是吾幼年时朝思暮想的玩具。这梦想源自电影《奇袭白虎团》，那上面的侦察排长严伟才腰间就有一把手枪，帅极了。不仅电影上有，过年的年画上也有其剧照，家里的墙上就贴着他英姿勃勃的形象，用现在的话说简直酷毙了。如果我也有一把小手枪插在腰间，多好！

但那时没有玩具枪，更无仿真枪。有，也买不起，正是可想不可望，可望也不可及。

好在队里的老木匠，帮我圆了梦，他用一块小木板加工成了一把手枪。所谓手枪，即将木板锯成手枪的形状，在把手的末端锥了一只眼，四边稍稍打磨一下而已。即使如此简陋，吾也如获至宝。母亲用一块红绸系在枪把上，为木枪增色不少。握枪在手，吾顿觉威风凛凛。为此，很多小伙伴羡慕不已。

小学三年级的时候，手枪有了升级版。其时突然流行起自行车链条枪来。吾一堂兄手巧，也仿造了一把。他用钢丝弯成枪形，用五六节旧自行车链条的部件做成枪管，用橡皮筋拉动枪栓，用火柴头当弹药，居然做了一把能打响的手枪。这种手枪，虽没有子弹，但能出声，如发令枪一样，足以让我们疯魔。很快，班上男生几乎人手一把。

在那个年代，是谁发明了这种手枪？至今仍不得而知。如果在今天，是可以申请专利的。这是一个天才的发明，是废物利用的极佳案例。报废的自行车链条，居然成了人见人爱的玩具手枪，这种资源再生的能力，仍然值得欣赏和借鉴。

枪，是少年的图腾，是对力量的渴望。这种图腾和渴望，其实也是一种自我成长的动力。不要担心玩枪的少年会有暴力倾向。他只是在游戏，他的心底并没有仇恨和杀戮。相反，却是一片阳光，一派纯净。

弹弓

某年，吾在张家港博物馆，读其河阳山歌之《弹歌》，颇为惊讶。此歌载《吴越春秋》卷九，共八字，是中国最早的民歌。“断竹，续竹，飞土，逐宍。”宍，是古代的肉字，代指鸟兽。这八个字形象地描绘了先民们砍竹制弓，射中鸟兽的过程。从中可见，弹弓者，古已有之也。

当然，此弹弓，恐非吾幼时所玩弹弓也。吾幼时之弹弓，不用竹子，弹力来自橡皮筋。橡皮筋从供销社买来，二十来根，要花二角多钱。弓架有的用 8 号铅丝做成，有的干脆用丫字形树枝。榆木的、桑木的都有。难办的是弹夹，布做的，不结实。最好用牛皮，但一小块一寸见方的牛皮，哪有有卖？只有到鞋匠铺子去讨。

吾曾经拥有一把这样的弹弓。用石子或砖碴或泥块作弹丸，取之不竭。初时不会用，一次打到自己手上，疼得蹲在地上，半天才缓过神来。后来打多了，虽不敢说得心应手，但也可中十之七八。不过，弹弓很快就被母亲没收了。她说，打鸟，不祥；伤人，更不得了。

吾一邻人却是弹弓高手，可百步穿杨，弹无虚发。他家是经常可以吃到鸟肉的。我问他如何瞄准，他说不用瞄准，心里有数就行。此话当时觉得玄，现在想来并非妄言。个中高手，确是用意念引弓射击的。邻人善弓，似有气场，所到之处，鸟惊雀飞。他家的屋上树上，从无鹊影。

弹弓，在古代是捕猎的工具，也曾经是武林中的暗器，但更多的时候，只是玩具。春秋时的晋灵公，好在台上以弹弓弹人，见台下东躲西藏，每每乐不可支。汉武帝的发小韩嫣，字王孙，有“挟弹王孙”之称，好打弹弓，“常以金为丸，一日所失者十馀”。他哪里是打弹弓，他是在销金炫富也。魏晋时，土豪出游，往往挟弹携壶。“遇会饮酌，萧然自得。”美男潘安就曾以此引来女子的青睐和惊叫。

弹弓虽小，善射者亦可青史留名。《齐书》称桓荣祖善弹弓。其登西楼，见鹄鸟当空，对左右说：“我当生取之！”于是拿弹弓射鹄翅，鹄羽尽而堕。桓荣祖养之，待羽翼丰满后放飞。时人称善。《隋书》称长孙晟善弹射。有鸢群飞，隋文帝对他说：“公善弹，为我取之。”结果，长孙晟十发俱中，鸢鸟应声而落。两相比较，《隋书》可信些，《齐书》只能当演义看了。

风俗部

五家庄

五家庄不止五户人家，而是几十户，但只有五个姓。四面环水。水不大，就是一圈小河，能行船。方圆几里地，正南有一坝，与外界相连。坝，在吾乡却叫作码头。庄里庄外，进进出出，码头都是必经之地。

老地图上可以查到五家庄的地名。吾家虽住在庄子外，但外人说起来都是五家庄的。五家庄有商店、剃头店、杂货店、杀猪场、粮站、供销社、广播站。吾幼时，五家庄就是公社所在地。乡人办事都要到五家庄，这足以让人自豪。

然，五家庄留给我的不止于此。

三岁时，吾曾从码头上滑到河里，差点淹死。好在是冬天，穿了棉衣，未及没顶，就被人拉了上来，只是冻得够呛。

上小学的那几年，公社经常在队场上开批斗会。先运来空煤油桶搭台子，而后在台口放两个碌碡，搁上跳板。被批斗的人都被押到跳板上，胸前挂上牌子，有时还要喷气式。奇怪的是，上午，剃头店的师傅还在给别人剃阴阳头，下午，就被押到跳板上批斗，胸前的牌子上写着"反革命小爬虫"的字样。那时，吾刚认字，尚不识"爬"字。

还有一次，邻队同学的父亲，先是押着别人上台，刚下来，台上又呼起了口号，旋即被人押上台去，挂上“腐化分子”的牌子。吾不知其为何意，问家人。家人说，小孩子不懂，不要问。因为这样的变故，那同学好几天都不好意思上学了。

吾发现住在庄子上的同学，家庭成份都比较高，不是地主，就是富农。原来五家庄其实就是五个地主的庄子。好几代繁衍下来，就成了五家庄。在那个年代，庄子外的同学和庄子里的同学，自然分成了两派。

放学后挑猪草，也是井水不犯河水。但庄外的田地毕竟大了许多，某日，庄上的同学憋不住挑到庄外来了，结果双方干了一仗。

某次，老师讲雷锋的故事，雷锋跟着妈妈讨饭，地主家放狗咬雷锋的妈妈。这让我们恨死了地主和地主家的狗。

突然，一个女同学趴在桌上痛哭不已，原来她家出身地主。老师劝她，出身不可选择，道路可以选择。但是三年级的孩子哪里懂得这些，哭得更凶了，始终不肯抬头，直到第二天，两眼还像桃子。

那天放学，我们将庄子上的一条黄狗赶得无处躲藏。出身地主的同学也不敢保护自家的狗，反而帮助我们将狗吊到树上。

多年以后，大家回忆起儿时的这些往事，不禁一阵唏嘘。

草屋

曹文轩写过《草房子》，吾很喜欢。草房子就是草屋。把屋说成房子，应该是北方人的特点。他是盐城人，比吾乡更北，因而也就有了这种差别。

吾乡草屋从形状上分两种，一种是硬山式，一种为元宝屋。硬山式，即普通的五架梁七架梁房子。元宝屋，更简陋，没有山墙，像个倒扣的元宝。这种草屋其实与牛棚无异。住在里边，阴暗闷气，冬天尤可，夏天简直无法忍受。

草屋之草，大有讲究。最好的是茅草，吾乡称为茅子。其次是麦草，小麦秸杆。再次是稻草。稻草，一年就要换新的。麦草，几年就要维修。茅草最为耐腐，防雨，保温性能也最好。吾乡大多用麦草。现在的小麦越矮越好，那时的却越高越好，因为要用来盖屋。

旧时乡人访亲，总要到人家家中看看桁条粗细长短。有的人家明为五架梁，只有三根桁条，或者明为七架梁，只有五根桁条，其椽子是直接搁在两边墙上的，就省了两根桁条。好一点的房子，隔墙是杉木板的；差的，只能用帐笆。所谓帐笆，是用芦苇编成的。穷困如斯，民何以堪！

吾十五岁以前都住在三间草屋里。一家三代六口人，挤在一起，总共四十平米左右。中间是堂屋，客厅兼餐厅。东房是卧室，两张床。西房是厨房兼卧室，灶台加一张床。说是三间草屋，其实有产权的只有父亲分得的一间半，另外一间半是祖父祖母的。如果拆开了，就没法住了。在那样的年代，一家人只能相依为命，怎么能够拆屋呢？

草屋檐高不足两米，大人出入，都要低头。个子高的，还要躬腰。中间的隔墙，是芦苇编的。吾在这样的草屋里度过了童年。不过，那时夏夜，多在露天睡觉，因为草屋太过闷热，吃不消。

杜甫有《茅屋为秋风所破歌》。茅屋就是草屋。郭沫若在《李白与杜甫》中根据"卷我屋上三重茅"之句，推断杜甫属于地主阶级，因为三重茅的屋在当年不是一般人家能住的，并由此扬李抑杜。吾中学时读此，很难理解。而今思之，更觉有趣。

打墙

不是砸墙，是建墙。北方叫干打垒，吾乡叫打墙。

吾幼时大多人家都是泥墙草屋。三架梁的，像个棚子；五架梁的，才像个房子。不管几架梁，墙都是用泥打的。吾乡的土是黏土，特别适合打墙。

打墙是个力气活。先由木匠放好线，然后夯好地基，再在地基上打墙。

用两扇门板或者木板夹成墙的厚度，专人挑土填土，众人用木榔头，排成队，合力捶打，层层加高，半天即可打成一面墙。墙的下部要厚一些，近二尺。越往上越榾，但也有一尺半。东西山墙，不留窗户，好打。但高，要搭架子，人站上去才好用力。南北墙，有窗子，立壳子麻烦一些，但只有二米左右，打墙的工程量反而轻了。

泥墙厚实，冬暖夏凉。不怕太阳，不怕风，就怕雨，还怕老鼠。北墙，东墙容易坏。几年下来，或开裂，或漏洞，或坍塌，实在不行了，就约人再打。约者，非请非雇，喊一声就到也。左邻右舍，男女老少，扛个榔头，就来了。至多管顿饭而已。

吾至今还记得家中打墙的情景，耳边似乎还响着铿锵有力的捶打声。

这种打墙造屋的方式据说已有几千年历史了。上个世纪六十年代东北石油会战的时候,曾经创造了奇迹。硬是在几个月内,完成了近百万平方米的“干打垒”房子,解决了几万人的越冬住房问题。

吾睹今思昔,常不胜唏嘘。

抬屋

生活中常见移树，神话中愚公移山，如何移屋？抬之也。

何屋能抬？又小又矮之草屋也。吾家草屋即由南庄抬来。其间相距百余米，堪称当时之浩大工程。

抬屋，先要找有经验的老木匠指挥扎撬。老木匠识得框架结构，知道如何扎撬，才能整体联动。撬是动词，挪作名词，仅用在此处，意为用木头、茅头等互相撬起来。撬分横竖，顺着桁条的叫横撬，沿着中枢的叫竖撬。用麻绳、木棒扎牢，一定都在着力点上。五架梁的草屋，要有五根横撬。扎撬的木头和茅头，有的是队上的，有的是从河北供销社借来的。

抬屋大多在冬季。这时，田里麦子经得住踩。从老宅到新宅，必须走直线，不可能走现成的路，只能在田里走。先一天，先要沿路铲平坑坑洼洼，尽量让路好走些。尤其要平整好中途休息的地方。

那时壮劳力都在家务农。一个生产队有几十个男人，队长哨子一响，就集中起来了。老木匠骑在屋顶上指挥，高个子抬横撬，矮个子抬竖撬。男人不够，力大的女人，也可以帮忙。

老木匠一声号令："起！"众人直起腰来，草屋就离地了。

老木匠又一声“走”，众人统一步伐，走起来，口中喊着“一二一二”的号子，响遏行云。号子声就是步伐声。号子不乱，步子不乱。三十米左右，要歇息一会儿。老木匠大叫“停”，众人同时弯腰放下屋子，大口喘气，开着玩笑。主家发烟发糖，以表谢意。

少顷，再起。一而再，再而三，终于到位。对准事先做好的屋基石础后，木匠先把房子固定好，才能拆撬。

拆撬后，始信大功告成。主家燃起一挂长鞭，声震四方，以示喜庆，以祈吉祥。随后开始打墙，扎帐笆。两三天后，新的三间泥墙草屋，又可以住人矣。

或问，为何抬屋不造屋？盖因抬屋总比造屋合算也。

某年，吾至一单位履新。同事说，其西侧宾馆原在近旁，后整体西移数百米。吾仰视其楼，不敢相信。此等大厦整体移动数百米，当需何等伟力？

其与吾幼时乡人抬屋已不可同日而语矣！

拈朞

其实就是抓周。朞者，一年也。周者，一岁也。拈朞者，抓周也。乡人谓婴儿一岁生日为拈朞，意在此也。

吾曾将拈朞写作年基，自以为乃人生年岁之基也，如此想当然，而洋洋自得，不可轻宥。

抓周，又称"试周""试儿""周晬"等，即在婴儿满周岁时让其抓取某物以测其将来也。此种习俗类似抓阄，江南好巫，最早流行。真正带有"试儿"意义的抓周，源自三国。孙权称帝不久，太子病逝。重立太子，孙权为难。恰有人献计：选太子，不仅要看皇子，还要看看皇孙们的德才如何。

于是，孙权择吉日，在一个盘子里盛满珠贝、象牙、犀角、翡翠、简册、绶带等物，让皇孙们随意抓取。结果，只有孙和的儿子孙皓抓了竹简与绶带，显然天命不凡。孙权遂立孙和为太子。

此事传入民间，便有人仿而效之。然，此时尚不能称为抓周，只是试儿也。

南北朝时期有了真正的抓周，但仍叫试儿。即在婴儿一岁生日时，亲朋相聚，抓周如仪。《颜氏家训》云："江南风俗，儿生一期，为制新衣，盥浴装饰，男则用弓、矢、纸、笔，女则用刀、尺、针、缕，并加饮食之物及珍宝服玩，置之儿前，观其发意所取，以验贪廉愚智，名之为试儿。”一期，即一周岁也。

延及唐宋，此俗风行全国。清代，从皇宫到民间，更加盛行。“抓周”一词也应运而生。《红楼梦》中说贾宝玉抓周专抓胭脂水粉，可资一证。

抓周，是北方话；拈朞，是吴方言。朞、期，相通，但朞只一音，读基，不易错讹。试儿之风由南而北，先南后北。故，“拈朞”一词或先于“抓周”也。

抓周多在午饭之前。所供抓物必须是宝宝初次接触。限抓两次。亲友不得干预。

如果先抓印章，后必官运亨通；如果先抓文具，终能三元及第；如果先抓算盘，必成陶朱事业。如是女孩先抓剪、尺之类的女红或铲子、勺子之类的炊具，则谓善于持家。

总之，从小一看，到老一半。据说钱锺书先生抓周时就抓了一本书，因以得名，且终成一代硕彦。

抓周者，近巫非巫。多祝祷之语，无不吉之辞，实则民间一乐也。

吾乡自古即有抓周之风拈朞之俗。无论贵贱，莫不如此。然吾幼年，恰逢“文革”。抓周如抓阄，疑似“四旧”，皆在破除之列。拈朞之时不能拈朞，有名无实耳。千年旧俗，一朝被刹，可见“文革”之力也。所幸，拈朞之名，已深入民间，未尝丢失。近年，拈朞之俗复行其道，民间又重得其乐耳。

道情

道情是一种古老的曲艺，源于唐代。唐代重道教，道观内以说唱讲经，渐渐演化成特殊的曲艺形式——道情。本意指道家所唱的道家的情事，吾曾经想当然地写作道琴。

随着道教的传播，道情艺术广布国中，有的还发展成了多人表演的戏曲艺术。内容也渐渐脱开道教，兼收并蓄了。

不过，吾乡道情十分简单，一人怀抱渔鼓，手执简板，即可有板有眼地说唱起来。渔鼓是一个四尺长的竹筒，粗如碗。一头蒙了牛皮或羊皮，有的甚至蒙以猪膀胱。以手拍之，发出低沉的共鸣；简板，由两根二尺长的竹筒制成，宽寸许，一头缠线，另一头分合自如，形如夹，可以发出清脆的声音。渔鼓简板，一高一低，形成特有的节奏，用以配合说唱。

于今视之，作为一种艺术，吾乡道情实在过于简约，甚至是简陋了。

奇怪的是，吾幼时很少看到舞台上的道情。只是在每年正月，在自家门口，常常看到这种表演。

大年初二，唱道情的就上门了。有时一天要来五六批。来者多为五十岁左右的男人，一手敲渔鼓，一手打竹筒，嘴里唱着或说着什么，吾似从来没有听清过，反正是一些过年的吉祥话。其时，广播里经常播郭兰英的《翻身道情》，一听就是陕北道情，高亢激越。不过，虽然翻身了，但大家都穷得叮当响，讨饭的和被讨饭的，差不多。唱一段道情，给一个馒头，或几片馒头干儿。唱道情的身后背一个袋子，一天走下来，可以得点粮食，捱过春荒。也有好一点的人家，可以给二分钱或五分钱的。

唉，吾乡道情原是用来讨饭的呀。

宋朝以后，道情与词牌结合，有过一个雅化的过程，但没有留下多少佳作。有名的是清人郑燮的十首《板桥道情》，首首别致，意深境远格高，窥其一，即知全篇。

“老渔翁，一钓竿，靠山崖，傍水湾，扁舟来往无牵绊。沙鸥点点轻波远，荻港萧萧白昼寒，高歌一曲斜阳晚。一霎时波摇金影，蓦抬头月上东山。”

读此板桥道情，想旧时吾乡道情，真不敢攀郑板桥为同乡矣。

打莲花

“打莲花，打莲花，莲花一打格喳喳，喜唱十里新气象，三面红旗照万家。”

这是父亲写于1958年冬的“打莲花”调的第一段。

所谓“打莲花”是吾乡的一种歌舞形式。三尺竹竿，两端系以若干铜钱，饰以红纱球。舞者右手执其中，左手伴舞，边舞边唱。莲花棒或上或下，忽左忽右，敲击其肩、腰、背或四肢，甚或地面，步伐有似秧歌。铜钱作响，喳喳有声，特有的节奏正宜伴唱。

吾幼时看文娱宣传队演出，常有一段打莲花。舞者有男有女，多是乡人中的青年才俊，亦有下放的知青。有时四人一组，有时六人一组，甚至有八人十人一组的。台上跳得欢，台下评得乐。上了年纪的妇女往往品较，谁家姑娘长得好，谁家小伙跳得好？谁家长得好，跳得好，还唱得好？有时竞争得面红耳赤。至于所唱内容，似乎无人在意。

其实，“打莲花”曾经是一种行乞的手段。莲花棒有时就是打狗棍。吾幼时每年正月，常有花子上门“打莲花”。花子是乡人对乞丐的贱称，其中有本地人，亦有外地人。外地的，大多自称是安徽凤阳的。他们的口音很重，吾很少听懂。他们唱着什么，更难听懂。好像都是“府上来年交红运，状元骑马逛皇城”之类的套装好话，不给一点施舍，就停不下来。乡人问他们为何出来讨饭？他们总是说，老家发大水了，遭灾了，没办法呀！

他们得到几分钱或者一点粮食后，就千恩万谢地去了下一家。

因了这样的印象，吾曾经以为打莲花应该写作“打零花”。这种乞讨确实只是要到了一点零花钱而已。

打莲花，又叫打莲枪，打花棍。打莲枪，又讹成打莲厢。所以这名字在民间有点乱。有人以为就是莲花落，其实不是一回事。究竟为何而得名，吾至今仍不甚了了。也有人说其与佛教有关，但好像说不清什么理由。

香期

有人写作乡期，是不对的。香期，与庙会相似，也相关。无论道教佛教，都有敬香之说。将庙会之日，叫做香期，原是顺理成章的。

吾幼年，适逢“文革”，大破“四旧”，庙会是没有的。但香期却取消不了，只是换了个名字，改叫集期。推敲起来，倒也精当。北人有赶集之说，将香期叫做集期，其实是说到了根本。

香期只在春天。或一日、或二日、或三日，甚至有一连五日的。多以一乡一地为固定场所。邻乡之间，香期亦相连，以便各路行贾易地而售。

一到香期，四乡八镇的人就会云集过来，摆出各种货物进行交易。一条大路，两边都是摆摊的，绵延数里。放眼望去，人头攒动。农具、日用品、小吃甚至牲口，应有尽有。平时见不到的各种稀奇古怪，一下子都冒出来了。卖糖人的，卖棉花糖的，卖切糕的，卖馒头卖包子的；卖鞋垫的，卖头绳的，卖橡皮筋的，卖顶针的；卖小锹的，卖太斧的，卖铁锹的，卖连枷的；卖菜刀的，卖铲子的，卖砧板的；卖淘箩的，卖匾子的，卖筛子的，卖畚箕的，卖扫帚的；卖菜秧的，卖瓜秧的，卖茄子秧的，卖树苗的……实在无法罗列穷尽。一言以蔽之，旧时农家生产生活所需，几乎都能在香期上解决。

还有拔牙的郎中，居然能挑出牙虫，其摊上摆出的奇形怪状的牙齿，瘆人。卖老鼠药的摊前，照例是一串大大小小的死老鼠，胆小的人让出去老远。最刺激的是耍把戏的汉子，几人叠起罗汉，引得众人围观。众人喝彩声中，竟又卖起了膏药，云其膏药包治百病，头疼腹痛，一贴即愈。更为神奇的是竟能贴好断臂，原先还在晃荡的膀子立马就好了，其实是脱臼复位的把戏。女孩最喜糖担儿，五颜六色的糖果，五颜六色的玻璃纸，花二角钱，一路尝过去，不觉牙酸口涩矣。

香期大似年。日期固定，年年相因。一到香期，多年不见的故旧会不期而遇，邂逅的喜悦，让人如饮醪醴。一年不见的亲戚朋友，定会登门拜访，而主家必须好酒好菜，热情款待。谁家若无客登门，则是很没有面子的事。

香期究竟从何而始，已无可考。香期还能持续多久，不可轻料。即使在网购如此发达的当下，吾乡香期依然长盛不衰。

噫，香期之魅力何在哉？

春联

吾乡叫贴对子。一到腊月二十四,送灶以后,乡人就开始请人写对子贴对子了。不贴对子,过不了年。

这风俗自古就有。战国时期,中原春节就户悬“桃梗”,又称“桃符”。宋代,桃符由桃木板改为纸张,称“春贴子”或“春联”。明清两代,春联盛行。清《燕京岁时记》记载:“春联者,即桃符也。自入腊以后,即有文人墨客,在市肆檐下书写春联,以图润笔,祭灶之后,则渐次粘挂,千门万户,焕然一新。”

风俗往往是顽强的,历千年而不衰。吾幼时所见,竟无二致。

祖父曾为塾师,写得一笔好字。腊八过后,就有人挟着红纸上门请他写对子。方圆几里内人家的门上,都可以看到他写的字。那时写字,还要磨墨。磨墨是吾之专项。从清水到墨汁,直磨得小手发烫,手腕发酥。

春联大有讲究。写春联的红纸,必须是当年的。隔年的红纸暗,且不沾墨。

大门的对子,以四字五字居多,那时都是小房子小门,很少用六字七字对。内容都是迎春祝福的话,诸如“四季平安五谷丰登"之类。有一阵写毛主席诗词写得多,比如,"风雨送春归,飞雪迎春到"。吾与祖父争辩,这不合适,上联下联怎么有两个春字?且风与飞,也对不上。祖父并不解释,只是责备,小孩子不懂,不要乱说。

还有门框对。狭长字多。内容就复杂了。

还有横批,一般都是四个字。

祖父说,好的对子要"配"。门对、框对、横批,意思都要般配,才有意思。

房门对,厨房对,也一样,还要合适。不能将大门的对子简单地搬到房门或厨房门上去。

有的人家特别讲究,连猪圈、鸡窝门口都要贴上对子,哪怕是二寸宽的红纸,图个吉利。

祖父一概有求必应,换上中楷甚至小楷书之。

写好对子,祖父还要让我用铅笔在背面标上上和下,他不能容忍有的人家将对子贴反了。

吾印象中,腊月写对子是祖父一年中最快活的日子。他写对子是免费的,纯粹是做好事。祖父行二,乡人习惯称他二先生,一声二先生,让他很受用。

大年二十八,家家户户开始贴春联。贴春联要用面糊。搂面糊,要注意水和面的比例,不厚不薄才好。还要注意火候,不能烧熟了。熟了,不粘。

祖父总是先人后己。吾家的春联总要熬到大年三十的下午才能贴上。

炸麻串

“正月半，炸麻串。人家的菜，洋钱大，我家的菜，盘篮大；人家的菜，生了癞，我家的菜，上街卖！

正月半，炸麻串。人家的菜，挑一行，不够老娘尝一尝；我家的菜，挑一棵，全家吃得暖和和……”

这是吾乡著名的童谣，有若干版本。版本不同，内容稍异，但大意是一样的。说的是正月半放烧火的事。

炸麻串，由“照麻虫”讹音而来。麻虫即细虫，大多躲在田埂野草丛中越冬。乡人为了来年丰收，放火烧之，谓为照麻虫。照麻虫，讹成“炸麻串”以后，麻串成了专有名词，特指草把。原先是用红茅草扎成，后来只以麦草代之。茅草麦草，焚之有声，噼啪作响，故曰炸麻串也。

所谓放烧火，即用麻串点燃田埂上的野草也。其情其景，颇为壮观。月半之夜，天上一轮圆月，地上条条火龙。一边是黑夜，一边是明火；一边是寒风，一边是热烘。人在其间，情不自禁，长者跑，幼者跳，大呼小叫，不亦乐乎！

此情此景，古已有之。《诗》云：“去其螟螣，及其蟊贼，无害我田稚。田祖有神，秉畀炎火。”说的就是此中情形。吾以为吾乡炸麻串，实为古代先民火崇拜之遗存也。

然，吾幼年未能炸过麻串，只是唱过童谣。其时“文革”焰炽，大破旧俗，炸麻串亦未能幸免也。吾虽熟念童谣，却未解其意。而今思之，不胜愧怍。此谣阴暗自私，实不足取！

如此看来，炸麻串之俗，自当传承；炸麻串之谣，理应革除耳。

过年

四季轮回，人间换岁。年，既是自然法则，也是文化使然。过年，是天大的事。过年有过年的规矩。

过年要贴春联，要贴“喜喜”。过年要拜年，要叫人，要懂礼貌。过年要走亲戚，要请春卮。亲戚朋友之间，每年总要轮番聚一次，从初三到月半，都可请客，是为春卮。过年要送礼，爷爷奶奶、外公外婆，是必须的。三斤肉，一斤糖，再少，不像样子。过年要做好吃的，一年苦到头，就等着过年改善一下。过年有禁忌。不能说脏话、不吉利的话。过年上桌的鲢鱼，只能看，不能吃，意在年年有余。

过年要大扫除，乡人称为掸尘。有钱没钱，干净过年。腊八一过，大寒前后，就要大扫除。有竹园的人家用竹枝扎成扫帚，将屋里屋外梁上檐下清扫一遍。没有竹园的人家会讨几根竹枝，或者干脆等邻家打扫以后扛回家掸尘。此外，洗被子，洗帐子，擦窗子，擦橱子，一应家居都要干干净净。

过年要送灶。腊月二十四早上，一碗红豆饭、一碗麦青、一碗斫糖，供于灶王爷尊前。再敬一炷香。敬香是为了通灵。

麦青即田里的麦苗剪成的寸段，可能是祈求灶王爷保佑来年丰收。斫糖即麦芽糖，要灶王爷上天言好事，下界保平安也。红豆饭是何用意，似无法说清。此俗在吾幼年是四旧，已被破除，近年复燃也。

过年要打笼，蒸馒头蒸糕。一个生产队有笼屉的人家不会超过两户。腊月二十五开始，进入打笼的高潮。邻里相约，一家接着一家，特别是馒头发酵的时间必须排好，不然，不是酸了就是黏了。馒头蒸好以后，借笼的人家都会向主家还上八个馒头，表示谢意。

过年要祭祖。要磕头，要烧纸。按理是在年三十的中午。但吾幼时，祭祖是被作为封建迷信而禁绝的。有些人家，改到天黑以后，关起门来偷偷祭祖，磕头如仪。纸是不敢烧了。祭祖之后，才吃年夜饭，守岁。

过年还要发红包。红包又叫压岁钱，多是长辈给晚辈，有的三十晚上给，有的初一早上给。一角红纸包上二角五角纸币，就成。总之，是把一年的祝福都包在里边了。有一阵移风易俗，曾经禁止发红包，但禁着禁着，就松了。看来，文化的力量，轻易挡不住。

过年的日程不能乱。初一拜年，不出门。只在庄子上拜邻居、拜长辈。初二，姑娘女婿到丈人家拜年。初三，开始走亲戚、会朋友。正月十五闹元宵，吃圆子，舞龙灯，年也就结束了。

年，一个自然的时间节点，经过人文的包装，变得如此丰富多彩。它让人们有了希望，让人世有了温暖，让人生有了意义。

拘礼

乡人是拘礼的。

礼最集中的体现是在请客吃饭的时候。幼年，请客吃饭的机会不多，一般是乡人家中有事，诸如盖房上梁、婚丧嫁娶、婴儿洗三等，此外，也就是过年请春卮了。

首先是座位的讲究。堂屋中一张八仙桌。朝南的最大，面北的最次，可以是主人作陪。其余东西两侧，东为上，西次之。最讲究的是朝南的两个位子，仍有主次之分，仍是东为上，西次之。吃饭时，谁也不肯先坐东北角那个所谓最大的位子，要谦让半天，拉扯半天。如果客中没有干部，就按亲戚家人的顺序来，姑爷要让舅爷，理由是姑爷算是在家里，半个主人。如有几个舅爷，那就年长者得之。总之，谁坐了东北角的位子，谁就是桌长。

坐定以后，吃菜亦有规矩。桌长不动筷子，其他人不好贸然出手。桌长率先举筷，并不下箸，口中念念有词，来来来，请请请，等众人都举起了筷子，方才搛得菜肴，送入口中。于是众人跟上，吃菜。而后搁下筷子，聊几句家常。而后，再由桌长带头举箸。如此者三。直至饭毕，桌长举筷向四周揖让，道，慢用慢用。而后将筷子横置碗上。一切如仪，温文尔雅。

喝酒更是有趣。那时很少有人家有酒杯，大多以碗代杯。因为酒量有限，二人一小碗，甚至四人一小碗，轮流喝上一口。彼此客气，辈高年长者先喝，然后吃菜压酒。说喝是不确的，只是“吱”一下。酒是白干，山芋干做的烧酒，性烈。喝酒的声音很响，有时还要很夸张地“啊”一声，以散酒气。

吾幼时饥不择食，对这一套繁文缛节，曾深恶痛绝。吃饭就是吃饭，哪来这么多穷讲究？烦不烦呐！然，时过境迁，吾对此却有了新的认识。

吾乡地处黄海之滨，古属东夷之地，何以有这样的礼制，它起于何年，由何人所定，均无可考，然代代相因，至今不绝。孔子说，礼失求诸野，是有道理的。

管子说仓廪实而知礼节，吾曾深信不疑。但在吾乡，似乎不尽如此，仓廪不实亦知礼节。在那个匮乏的时代，人们遇到难得的食物依旧彬彬有礼，相互谦让，实在难能可贵。或者说，正是这种礼让，缓和了食物短缺的窘迫，保持了乡人的尊严。如此看来，乡人之拘礼是大可赞美的。

喊魂

乡人以为，小儿受惊，易丢魂。一旦丢魂，必得喊魂。喊魂之法，各有其妙。

吾幼时，吾母常为吾喊魂。

摇篮中，倘吾睡觉时双目微睁，惊厥不安，是夜，母亲必在灶头置一水碗，碗中放一缝衣针，请灶老爷为吾喊魂，口中喃喃：灶老爷，灶奶奶，把我宝宝带回来。

翌日，碗中针锈，则魂归矣。若不锈，则魂在耳。

乡间土路，多缺口。吾蹒跚之时，常常跌跤。每跌，必哭，以为丢魂也。每哭，母亲必在缺口处为吾喊魂。以手拍地，而后捏捏吾耳，口中念念有词：乖乖肉，不怕怕，跟妈妈，回家家！如此者三，吾即心安矣。

吾三岁时，随母下地。母亲干活，吾在渠边玩耍。一妇骑车撞来，吾从渠上滚落田中，一时不能言语。抱到公社卫生院，说是脑震荡。母亲慌乱之中犹在滚落处做了记号，她不信脑震荡之说，只以为是丢了魂了。从医院回家后，母亲到吾滚落处捡起一泥块塞入吾口袋中，并为吾喊魂。一夜之后，吾恢复如初。母亲坚信这是她喊魂的功效。

而今思之，喊魂之俗，似为原始巫术的遗存，应当由来已久。某种意义上，它起到了心理治疗的作用。巫术，在吾幼时是被当成迷信严格禁止的。但在医药严重缺位的情况下，又是禁而不绝的。毕竟，没有一种力量能够大过母爱。或云，母爱即魂也。

方言部

枵

吾乡方言言薄为 xiao，平声。到上海，到南京，发现均如此。但好长时间不知其字，只用“肖”代之。问北方朋友，均茫然，不知其音其义。一次，查成语“枵腹从公”，偶然得知“枵”亦有稀薄之意，大喜。细思之，在土语中“枵”与“薄”都是厚的反义字，但还是有差别的。“薄”义更宽，兼指液体气体固体。如粥薄，实稀之义，如气薄，亦稀之义。然“枵”字则专指固体耳。“薄”可对“稀”对“稠”，“枵”似只可对“厚”对“肥”也。

滂乎

吾乡方言言“浮”为 pang，音胖。胖物易浮，故而言之？

在《现代汉语词典》及诸多常用字典中，均无此义之字。有人借“滂”代之，其实不妥。先祖曾为塾师，他告诉我《康熙字典》中有此字，上下结构，上为一，下为水。一代表万物，万物浮于水，是为 pang。此字会意，虽然电脑里打不出，但我对此深信不疑，并感佩古人造字之妙。这些年一直偷懒，没有查证之。圈友手中如有《康熙字典》者，可帮我一查乎？

小文发出后，有朋友查《康熙字典》和《汉语大字典》，均有“汞”字，音流，古流字也，看来是我记忆有误耳。然以此会意，“汞”字用于吾乡方言，实在是合适不过。

波斯献宝

吾乡方言有“半世现宝”之说，意近炫耀。幼年知其音知其义，却不知其正确写法。及至某年读到同乡作家夏坚勇小说，见“波斯献宝”四字豁然开朗。后读扬州评话《皮五辣子》亦有此词，始知其大有来头。古代扬州为大码头，波斯商人来此交易，多炫耀宝货以求其售。日久，民间则有“波斯献宝”之说。吾乡地近扬州，发音稍异，讹成“半世现宝”耳。如此推演，则方言中大有学问矣。

宰宰矩

有同乡好友发来一组方言词，让我辨析。其中有“载载拘”一词。我以为应写作“宰宰矩”。宰，内当家也。宰宰联用，形容权力之重；宰宰矩，极言规矩之严也。乡人谓“宰宰矩”，其意近乎此耳。不知同道以为如何？由此，我还联想到“宰执”一词，意为性格执着，脾气大。想宰相执政说一不二状，不亦传神乎？

郭垛儿

教我高中物理的女老师，很幽默。她自我介绍说我是焦老师，焦耳的焦。顺带把焦耳的概念也介绍了。焦老师讲到关键处，总有一句口头禅，“这是什么郭朵儿？”意为这是什么道理？什么玄机或奥妙？“郭朵儿”为吾乡方言，究竟如何写法？似无定论。我以为如写作“郭垛儿”，比较靠谱。古来筑城，有城堞，即有郭垛。郭垛亦为城郭之机关也。由此引申为玄机、奥妙、道理，不亦形象乎？

拿乔

“拿乔”是吾乡方言中的常用词。我曾一直以为它是个土语。其实它还是个古语。《老残游记》中就有“拿乔”之说。《现代汉语词典》中也收了这一词条。乔者，大也；拿乔，即拿大。北京人说“大拿不拿大”，得尽北京方言之妙。乡人却没有说“乔拿不拿乔”的。这一比，土语还是矮了三分。

格局

方言中有些词虽然与普通话发音相近，但转换了词性词意。比如“格局”，普通话中是名词，指某种规格局面，在吾乡方言中则为形容词，表示讲究、得瑟、不合群等。如言“某人太格局，格局得不得了”等，均是此意。这种转化，不在语境中，难悟其妙。

杲昃

“什么东西”在吾乡方言中都被说成“什的 gaozi”。“gaozi”有时又说成“gaozhi”。泰兴一带则说成“gaozhe”。对这两个字,长期以来,只会说,不会写。一些介绍方言的书干脆写成“搞子”,其实不知所云。1993 年,我接到改编某电视剧的任务,剧中主人公居然给出了正解:杲昃。日出东方为杲,日落西方为昃。前者出于《诗经》,后者出于《尔雅》。杲昃正好代表东西。“什的杲昃”恰如“什么东西”。我大喜过望,原来吾乡方言真正古雅可爱!

釜冠

将“锅盖”写作“釜冠”，在我是多年以前重读《项羽本纪》破釜沉舟一节时的灵光一闪。

吾乡方言说釜冠多于锅盖，但识字以来一直会说不会写，有时依音拟字——夫贯？自己看看也不知所云。及至读到“项羽乃引兵渡河，皆沉船，破釜甑……”猛然一惊：釜，锅也；又想到，冠，帽也；帽，盖也。恍然大悟，釜冠，锅盖也。二者是可以互释的。多年疑惑，一朝获解，快哉快哉！今查百度，云三泰地区及海安东台一带方言均有釜冠一词，算一算，可能有近八百万人还在说着釜冠，但是会写的有多少呢？

土语中为何会保留这么雅致的古语？圈中方家，可否赐教？

吾儿禄山

吾乡方言中有“讹二落三”之说，语近普通话之“不三不四”、上海话之“黑三乌四”。用以指事，极言不可信；指人，形容不靠谱。以数代事，可能与《易经》传统有关，成语中常有此类格式，如“朝三暮四”“人五人六”“七上八下”等。由此，吾对“讹二落三”之写法深信不疑。

一日，偶读一书，言“讹二落三”应写作“吾儿禄山”，甚为讶异！作者云，唐明皇收安禄山为义子，甚是亲爱，口中常念“吾儿禄山”，不意，“吾儿禄山”却与史思明举兵造反，酿成“安史之乱”。后民间即用明皇之口头禅“吾儿禄山”讽刺不可靠之人、不可信之事。果如此，则吾乡方言大有文化耳。

果如此，“吾儿禄山”一词又是如何留存于吾乡方言之中呢？

历史让人遐思。

龌琐儿

某教授，东北人，在江苏工作多年，自傲熟谙江苏各地方言。一次到吾乡讲学，席间赌酒，口出大言，若有不懂之海安话，愿自罚三杯。主人说，把墙旮旯儿的龌琐儿扫到河款儿去。教授听懂了旮旯儿，硬是没懂龌琐儿和河款儿，只得连饮六杯。龌琐儿，垃圾；河款儿，河边。吾乡之土语，其实高古也。

捱搞

“捱搞”,是吾乡方言常用词,意为受罪、吃苦。朋友相问,近来如何?答曰:在外面捱搞。遇事不顺,难免感叹,真是捱搞的命。捱,或写作挨,均可,但搞字这样写是我猜想和选择的结果。搞是动词,好像并不贴切,但是同音字就那么几个,比较一下,只有这个还合适些。写成“捱搞”,字面意思是被搞,被搞的滋味不就是受罪吗?这样一转换,似乎不如此写还不行呢。

收篙

吾乡方言中有“看你怎么收 gao”之说。“收 gao”，言收尾，收手，意近结局、完成。有人以为 gao 应写作膏。收膏，乃古代方士炼丹之扫尾工程，故以此喻指。吾以为不妥。其应写作“收篙”。收篙，乃船民日常用语，吾乡多水多船，乡人用收篙表示收尾、结束，更顺乎自然。语言跟生活是紧密联系的，文字亦当如此。收篙显然比收膏更日常，更世俗，所以也更易被大众所接受。

胙享

清明回乡，乡音亲切。邻里相见，相互问候，往往会说“今朝可有点作项”，意为“今天可有什么好吃的”。

“作项”二字，其实应写为“胙享”，本指祭祀用的供肉，后引伸为荤菜或好吃的。孔子就是因为没有分到胙肉而辞职出走，周游列国的。吾乡方言之高古，此又一证也。

春卮

吾乡风俗，春节期间，亲友相聚，必有宴饮，或小酌，或酩酊，其乐融融。初三至元宵间，轮流做东，或连日不辍，乡人谓为“请春 zhi”。

“春 zhi”好吃，字却难写。幸乡贤韩泽老赐教，此字当为卮。卮者，古酒器也。春卮，则春酒也 。吾以为大妙，欣喜不已。吾乡方言之高古，此又一证也。

人生贵在求知。一日得一新知，则不枉活一日耳。吾其三拜之！

跋

写完了《吾乡食物》，丁捷兄说还可以写写“风物”，吾深以为然。

风物一词，可以三解：一是风光景物，二是风俗物产，三是特指风俗习俗。《吾乡风物》正合此谓。于是，想到哪里，写到哪里。集成一札，再作归拢，竟得一百四十余篇，累字十万。粗分为草木、禽鸟、虫兽、器物、农本、交通、文娱、玩具、风俗、方言等十一部，以之为纲，纲举目张，俨然成书，欣然有喜。

风物是有乡愁的。乡愁是游子的情感，风物是怀旧的凭借。人在旅途，回望来路，此时此地，彼时彼地，风物常在眼中，如波心漾出涟漪，如秋空掠过雁阵，如雪夜围坐红泥。

风物是有地域性的。一地有一地之风物。吾乡位于江尾，东邻海，南近江，半属三角洲，半属里下河。南北交汇，东西兼容。一马平川，沙地与水网并存；民风淳朴，敦厚与爽气互映。五里不同音，十里不同俗。吾所写是吾所历所闻，吾乡之风物当然不同于他乡之风物。此种不同，也许正是价值所在。

风物是有时代性的。一时有一时之风物。时代不同，风物不同。此种不同，是历史、是存在，是发展、是变化，其中当有某种规律在。所以伟人有诗“风物长宜放眼量”。倘有读者能从《吾乡风物》中读出“放眼量”的况味，则幸甚矣哉。

需要说明的是，严格意义上，食物也是风物之一种，但因已独立成书，不好赘述，故而，此书之风物是剔除了食物之风物。因之，梳理章节颇有所碍，如本当草木、虫鱼、鸟兽各成一部，因鱼在《吾乡食物》中已一一写出，故本书只好将就分成草木、禽鸟和虫兽了。

风物，当然应当多写写风俗。但吾幼年，适逢“文革”，许多风俗都在破除之列，如清明祭祖、过冬祭祖、春节祭祖，均被严禁，吾对之不甚了了，故而难以下笔。慎终追远，这一古老的传统，在吾幼时几乎被破坏殆尽，惜哉痛哉！其余许多风俗多与吃有关，如立夏吃蛋、端午裹粽、七月半包饺儿、腊八喝粥、过年打笼，已在《吾乡食物》中写过，不好重复，故而此书中之风俗，只能略略带过。

吾曾发愿，为家乡写“三物”。今已初成《吾乡食物》《吾乡风物》。

《吾乡人物》其可望乎！

《吾乡风物》读后感

何永康

读后感，这标题太没意思了。高考恢复后，有许多年都考“读后感”，越考越疲塌，只好改用“话题作文”，推出了一篇播誉华语界的《赤兔之死》。此乃旧话，按下不表。

且说我读旭东老乡的《吾乡风物》，所“感”却来之不易，可谓一波三折。

打开书稿，见“目录”密密麻麻，一百好几十条，乃翻了过去，直接阅读最初几篇。

“夜饭花”“指甲花”“栀子花”，花花世界，迷吾老眼。但一股清新气息顿时令我这个老乡如沐春风。特别是乡村女孩的指甲一夜间染成了“花瓣”，更有一种清纯的、甜丝丝的诗意。老愚抚卷，立马还童。

还有一种极强烈的感受，即惊叹旭东的文字魅力。他不紧不慢，侃侃道来，如数家珍，如围红泥，不知不觉间将你引入物我如一的“无差别境界”，而且惜墨如金，决不媚俗。有没有学问，有没有功力，其实读几句话就够了。当年莫言尚未成名，某日我读《新华文摘》，见有一篇《红高粱》，刚溜了开头几行，便拍案呼唤家人："快来看，此人能写！"果然他后来写出了"诺贝尔"。"诺贝尔"固然荣耀，但咱们自己的散文家张岱亦有无声的光彩。旭东散文有张岱之风，故我即刻以短信息向他报告："你，可追张岱！"

"蜜月"只持续了一个小时。读到"杜鹃花""桂花""梅花"时，吾有点懵了。这些宝贝花儿，分明是"国有资产"，怎能为"吾乡"独占？再回过头来看"目录"，后面还有许多，如麻雀、喜鹊、小猫、小狗、草鞋、草帽、扁担、风车、轮船、渡口、二胡、笛子、茅屋、春联，等等等等，均已越海安地界而磅礴于五湖四海了！

不行，吾之"感想"敦促吾向旭东发难。

吾说："你这个'吾'，太出格了。'吾乡'最多是'海安一带'，不可无穷大！"

他说："'物'虽然他乡也有，但吾以乡情润之，即可。"

吾说："放翁所咏之梅，润之所咏之梅，你说是绍兴的，还是韶山的？是中国的！"

他说："那就请先生写篇批判文字，吾不易一字，全文付梓。"

这位"张岱"老乡，有点"拗"了。

文学欣赏与鉴赏，需要"激动"，但不能过于激动。我（不能再用"吾"了）沉静了二十四小时，一思再思三思，终于有点同意旭东的看法了。

什么是“吾乡”？海安人在南京相遇，海安是“吾乡”。江苏人在北京相遇，江苏是“吾乡”。中国人在海外相遇，中国是“吾乡”。

什么是“吾乡风物”？吾乡生根的，吾乡成长的，吾乡已有的，便是“吾乡风物”。

关键在于，是否如旭东所云：有没有以乡情润之？有没有乡土气息熏陶？

俗话说，“情人眼里出西施”。你若无情，西施也会变为东施，一挥手逐出家门。你若有情，东施也会变为西施，好美啊，请进请进，就改姓婆家，做咱们的好媳妇吧！“风物”这东西，看起来自然属性强势，其实一旦被“吾”移情，便顿时为“吾乡”所有了。

我又细读了“芦柴花”。芦花，河湖港汉皆有，岂止海安？张艺谋不但喜欢“红高粱”，而且喜欢“芦花荡”，他的《摇啊摇》展示了白雪连天、不可一世的芦花，你说它是谁的？张艺谋的。张艺谋“吾乡”的芦花之魂已经悄悄然、悠悠然、浩浩然融进来了！张大导演若写“吾乡风物”，估计也少不了“芦花”，还有山东高密乡的“红高粱”。

旭东是如何叙说芦花的呢？他先以海安方言为之正名：此物不叫“芦花”，而叫“芦柴花”，海安老乡肯定百分百（一位总统常用语）点头赞许，芦花就这么“嫁”到海安来了。更绝的是，他神乎其神地插入了以下一段话：芦柴花“可以用来做茅窝。茅窝，不是茅屋，也不是鸡窝，而是鞋。用麻绳和布条编成，将芦花织进去，就是一双保暖鞋了”。旭东没有穿过这种严冬暖脚的茅窝，只见过其祖父母穿过。我也没穿过，只见过父辈穿过。那可是咱们海安“一带”的“非物质文化遗产”了！清贫、自信、勤劳、智慧的吾乡祖祖辈辈就是这么多情地，相依为命、相濡以沫、相得共暖地请来了上苍赐予的“芦柴花”，让嫂子的大脚、宝宝的小脚、叔叔伯伯老父老爹的粗脚板，受到了温暖的呵护，踏上了田间小道，踏来了春天的犁沟，踏平了种种灾难和坎坷。生机由此延续，希望由此诞生。海安伟大的“茅窝”啊，你使普天下的芦花张扬了独特的个性，积淀了只有“吾乡”才有的乡情和乡愁。

解开了“茅窝”之谜，旭东的见解油然成立，我的“读后感”同步提升。

还能再说些什么呢？只能引用旭东“自序”里的话：“吾幼年生活，实为农耕余响。倘不记以文字，他年或成绝响矣。”是的，在这信息恣肆、网络横行的时代，难道不应该返璞归真保留一点“吾乡”“他乡”的数千年农耕余韵么？又想起高考作文，那一年江苏考“时尚”，许多老师说时尚就是新东西，我说：不一定，譬如大家都穿皮鞋，我偏穿老掉牙的布鞋，这布鞋就成了“时尚”！此刻，庶几应加以补充：穿“茅窝”更时尚，特别是吾乡海安的“茅窝”。

当然，在我的记忆里，与农耕余响有关的还有了不起的、于今绝迹的“车篷”，那是汲水灌溉的农事景观。旭东提及了“风车”，但风车吾乡甚少，那是“九九艳阳天”里二妹子的钟爱，说是“柳堡”最盛。问旭东为啥忘了，答：写了，在另一篇中。这使我有些黯然。我十八岁离开吾乡，至今已经五十六载，每每梦游桑梓，看见的并不是小小的暖呵呵的“茅窝”，而是大大的点缀在河北水田中间的有如巨型蘑菇的“车篷”，多半是草盖的，偶尔有瓦的，汲水的原动力是牛，无牛人家只好老少动员，弯下腰，挺直臂，推着水车的大轴转，一圈又一圈，滴滴汗珠摔八瓣。1961 年我的高考作文，就是写炎夏于车篷下推水抗旱，据说得了高分。农耕余响催我走进龙盘虎踞的金陵，走向了如今的纷繁时尚。这种根本性的记忆和情感，当下人们已理直气壮地称之为“乡愁”。何谓乡愁？一位思想者把她提拔到哲理高度：“所谓哲学，就是带着一缕乡愁，到处去寻觅家园。”于是，我写一首七绝，谨录于后：

为客已逾五十年，
离家刚辍少儿篇。
梦中风景依然是：
故土车篷缀水田！

这篇“读后感”，是另一位老乡丁捷贤弟惹出来的。他是著名作家，为旭东的《吾乡食物》写了一篇序文，顺势让旭东嘱我序《吾乡风物》。他的序，精彩极了，识色兼备而横溢，令我顿生“眼前有景道不得，崔颢题诗在上头”之感。在下非李青莲，只能写点读后感，故恳请旭东老乡：拙文不可充“序”，若有一割之用，就放到尊著的尾巴上去吧！

咏慷，2017 年教师节于石头城下